f
H
M
futami
HORROR
×
MYSTERY

化け物たちの祭礼

——呪い代行師　宮奈煌香

綿世景

Watase Kei

イラスト　七原しえ
デザイン　坂野公一（welle design）

contents

プロローグ　仮面の鳥籠

〝異物〟を体の中に取り込んだあとは、腹の底がずしりと重くなる。

私は不快感を引き摺《ず》りながら、祭壇前の座布団になんとか正座した。熱帯夜も相まって、私の顔には油のような汗が這《は》っている。拭った指先に、ねっとりとした感触がまとわりついた。

鬼狐《きこ》の間と呼ばれるこの場所はとても畏れ多く神聖な場所で、私以外の人間が入ることは許されない。神社で言うところの本殿、つまり御神体が祀《まつ》られた場所だ。

「……っ」

突如強烈な吐き気に襲われ、私は慌てて口を押さえた。這い上がる胃液が喉を灼《や》き、ツンとしたにおいが鼻腔《びこう》を突く。嘔吐《おうと》しないように注意深く咳《せき》をしてから、ゆっくりと背筋を伸ばした。

祭壇にはかつて私の先祖が鬼を斬ったときの刀が鎮座し、その脇に垂《しで》のついた榊《さかき》と蠟燭《ろうそく》が立てられている。一見するとこの刀が御神体のようにも思えるが、祭壇の背後の大きな岩がそれだった。

「……」

祝詞《のりと》を奏上した途端、御神体が私を飲み込もうとする気配を見せた。だけどそれは錯覚だ。祭壇の火が大きく揺れて、辺りの影が蠢《うごめ》いている。

私は目をつむって、腹の底に溜《た》め込んだどす黒いものが徐々に薄くなっていくのを静観する。放尿にも似た脱力があり、絡まった糸が奇術のようにスルスルと解けていくかのような、一種の開放感がある。私は自分を無にして、鬼狐様が私の体から異物を取り除くのをじっと待った。

私が今回取り込んだ異物は『猫の霊』である。ようするに猫憑《ねこつ》きだ。私はそういう類のもの——呪いや憑き物、それに死霊や怨念などを、他者から私の体に取り込むことで除霊を行う。

呪胎《じゅたい》。

その業は先祖代々女系に受け継がれてきたもので、ある種の宿命だ。

呪胎によって取り込んだ異物を浄化し、私の体を綺麗《きれい》にするのが鬼狐様のお力だ。だから私が行っているのは、単なる仲介に過ぎない。

私はただの容《い》れ物だ。それも、ゴミ箱のような。

第一章　孵《ふ》化《か》抗《こう》力《りょく》

今の私にとって世界とは、私を絶望させるための巨大な舞台装置でしかなかった。たとえちょっとした嬉《うれ》しい出来事があっても、それは絶望への伏線でしかない。

今日も悪夢を見た。

幸か不幸か、夢の内容はすぐに忘れた。悪夢の名残として、理由のわからない恐怖心だけが置き去りにされている。

「はぁ……」

ここ最近、私の睡眠は悪夢に支配されていた。きっかけは、間違いなく三ヶ月前のＧＷだろう。

私が体験したあの出来事は、あえて俗っぽい言葉で言えば失恋だ。だけどこの世のすべての失恋が、喜劇になりえるほど壮絶な失恋だった。私の失恋は、鮮血と涙と叫び声とともにあったから。

ただでさえ精神を病んでいる状態だというのに、ここのところ除霊依頼が続いている。

除霊——呪胎《じゅたい》は体への負担が大きい。だから心身ともに疲れ果て、目覚めたあともなかなか起き上がれなかった。

　首だけ動かし時計を見やる。

　すでに昼の二時だ。

　布団の脇には着物がだらしなく脱ぎ捨てられていた。私は着物を適当にハンガーにかけたあと、下着にパーカーだけを羽織って自室を出た。

　私が一人で住んでいるこの屋敷——『鬼狐院《きこいん》』は袖摺《そですり》町という場所に位置し、すぐ近くには酌霧稲荷《くみきりいなり》神社で有名な酌霧坂がある。うねうねと蛇行しながら三百メートルほど坂が続くこの町には、仏閣と蕎麦《そば》屋がやたらと多い。美味しいお蕎麦の条件は良い水であるらしいが、確かにこの辺には綺麗《きれい》な湧き水が出ている。こんこんと湧き出ることから狐清水《きつねしみず》と命名されたらしい。実にくだらない。

　なにはともあれ、ここは狐の町だ。

　酌霧坂では明け方、たまに霧が坂の上からゆっくりと流れてくる様子を眺められる。それがまるで霧に隠れて狐が下りて来るようだと、県外からわざわざ見に来る人がいるほどだ。また、甘塩っぱく味付けした油揚げであんこを包んだお菓子、きつね饅頭《まんじゅう》も評判で、それなりに人の往来は多い。

　酌霧坂からは小道がいくつも枝分かれし、小料理屋などがひっそりと店を構えている。

小道は行き交う人々の袖が擦れるくらいに細いから、袖擦町と呼ばれるようになったそうだ。

そんな迷路のような道に守られる形で、ここ鬼狐院はひっそりと存在している。広さは三百坪ほどで、部屋が全部でいくつあるか私もよくわかっていない。実際に機能しているのは自室と化粧室と居間、それに客間と鬼狐の間くらいのもので、ほとんどの部屋が放置されている。

自室を出て、気が遠くなるほど長い廊下を渡る。廊下からは庭を眺められるが、手入れを怠っているので見る価値はない。

「……ん」

その庭からふいに気配を感じ、睨《にら》むようにして庭に目をやると、庭を囲む塀の上に三毛猫と、その傍らに女の幽霊が見えた。猫はその辺の野良猫だが、幽霊のほうは一応の同居人だ。白装束と三角巾を身につけていて、口からは弛緩《しかん》した紫色の舌がべろんと垂れている。まるで絵に描いたような幽霊だが、それとは決定的な違いが一つある。

この幽霊の首には、真っ赤な索条痕がついていた。おそらく首を絞められて殺されたのだろう。その顔を私は知っている気がしたが当の本人は生前の記憶がまったくない。鬼狐院に棲《す》み憑《つ》いた理由も、自分の名前さえも覚えていなく、だからこの幽霊には長らく名前がなかった。

『おい、そこの幽霊――首絞められ子、お前は何をうろちょろしてんだ！』

口の悪い知人が、この幽霊をそんな風に揶揄《やゆ》したことがあった。それがきっかけで、この幽霊の名前は『クビシメ　ラレコ』になった。

ラレコに見つかると面倒なので、私はこそこそと居間へと向かった。

冷蔵庫から麦茶を出し、立て続けにコップで二杯飲んだ。冷凍庫からフリーザーパックのカレーを取り出し、それを電子レンジに突っ込む。私の食事は一日二食。ほとんどカレー。カレーが好きだから、という尤《もっと》もらしい理由もあるが、それしか作れないのが本音だ。ルーは使わないオリジナルのカレーで、大鍋で一度に作ったものをフリーザパックに小分けしてある。

いつものとおりカレーを解凍し、食パンを一枚皿の上に置く。胃が口を閉じているのか、まったく食欲は湧いてこない。カレーをつけたパンの端を前歯で少しずつ削っていると、ラレコが壁をすり抜けて現われた。

「こんにちは」ラレコは弛緩し切った舌をあむあむと甘噛《あまが》みする。「こーこちゃん、体調あんまりよくなさそうですね」

「猫憑《ねこつ》きの浄化が終わったのが明け方だったから」

「また猫憑きですか。最近多いですねぇ」

それほど頻繁にあるわけではない猫憑きの除霊依頼が、短期間のうちに二件あった。ただの偶然だろうが、私にとっては大迷惑だ。

「……うぇっ」

突然の吐き気に襲われ、私は流し場に吐いてしまった。立て続けに憑き物を受胎《じゅたい》したせいだろう、体は悲鳴を上げていた。

口をゆすいで再びテーブルに戻り、カレーにラップをかけて冷蔵庫に入れた。パンはゴミ箱に放り投げ、座布団を枕にして横になる。

「こーこちゃん、こーこちゃん」

「……なによ」

「さっき、猫さんから気になることを聞いたんです」

「気になること？　何？」

「えーっと、うーっんと」

ラレコは体を揺らしはじめる。その行動にどんな意味があるのかよくわからないが、ラレコが何の役にも立たないということが改めてわかった。

「猫さんと何話したのか、忘れちゃいました」

◇　◇　◇

小学校、中学校、そして高校と、本来受けるべき教育を私は放棄している。そんな私が必要最低限の教養を身に付けられたのは本のおかげだ。子供の頃から毎日毎日本ばかりを読んで過ごしてきた。

今日も今日とて私は膝に本を載せて、ただひたすらページをめくる。部屋の隅にぴったり収まり、黙々と本を読むこのスタイルは、幼少期から少しも変わっていない。

気づけば深夜の一時を過ぎ、そろそろ寝ようかと伸びをしたところで、モニターフォンのモニターが暗闇の中でぱっと光った。

「……ちっ」

モニターには、肩にかけたバッグをかけ直しつつ、キョロキョロと辺りを見回す女が映っていた。水商売関係なのか、ほとんど金髪と言ってもいい髪色をしている。

「誰か来たみたいですよ。どろぼーかもしれません」ラレコがぬぅっと壁から現れた。

「あたちが追い返して来ましょうか?」

追い返すもなにも、ラレコは普通の人間には認識されない。これまでにラレコを認識できたのは、私を除いてたった二人しかいなかった。

「本当に泥棒だったら追い返してちょうだい」

「よーかいです。なんちって。ケラケラ」

「さっさと行って」

「あーい」

ラレコは足音の代わりに、白い靄《もや》をすーっと残して消えていった。

「……除霊依頼ですか」

私はモニターフォン横の受話器を手にとり、簡潔に訊《き》いた。女は体をぎゅっと縮こませて、「そうだけど」と恐る恐る答えた。

「しばらくお待ちください」

私はパーカーを脱いで、そのまま、しばらく放心してしまう。まさかあの女も、猫憑きの除霊依頼なのだろうか。

私は着物を羽織り、自室と一枚襖《ふすま》を挟んだ化粧室へと入った。照明をつけると、壁一面にいくつもの顔が浮かび上がった。

仮面だ。

私の呪われた顔を隠すための。

安心、不安、願望、期待、感謝、恐怖、優越、劣等、怨み、憎しみ、悲しみ、驚愕《きょうがく》、怨み……様々な感情が切り取られた面々が私を出迎える。

人が当たり前に服を買うのと同じで、私も当たり前に仮面を買ってきた。仮面をつけなければいけない私は、私にもっとも似合う仮面を、無意識のうちに探してきたのだと思う。そんなもの、あるわけがないのに。

これまでに集めた仮面の数は百を越え、その一つ一つにそれぞれ特徴がある。たとえば『武悪《ぶあく》』という仮面を例に取ると、照らす――つまり上に向けると泣いているように見え、曇らす――下に向けると怒っているような表情になる。反対に、絶対的に一つの心情を投影した仮面もあれば、つかみどころの無い表情を浮かべる仮面もある。

これらの蒐集品《しゅうしゅうひん》の中で、唯一私の意思に反して置いてある仮面が二つあった。まず一つが、安いプラスチックでできた『パンダ』のお面。誰が何のために購入したのかわかっていない。

残るもう一つが『鬼狐』の面で、その名のとおり鬼と狐を足したような面構えをしている。般若《はんにゃ》の仮面と稲荷様の仮面を混ぜたような具合だ。これはパンダの面とは違い、先祖代々受け継がれてきたもので、除霊や浄化を行うときに必ず着用する。鬼狐様のお力を借りて儀式を行うための、制服のようなものだ。

鬼狐の面をつけて、いよいよ私は立ち上がる。襖を開けて廊下に足を踏み下ろすと、一瞬息が詰まった。庭を吹き抜けてくる生暖かい風は、むっとむせ返る青いにおいがする。庭の池に虫でも跳ねたのか、水面《みなも》に浮かぶ半月が嗤《わら》うように身を震わせた。

◇　◇　◇

「呪い代行師の宮奈《みやな》煌香《こうこ》と申します」

一週間前に届いたばかりの加賀《かが》友禅《ゆうぜん》の行灯《あんどん》が、客間の隅でほのかな紫色の花を灯《とも》している。幽《かす》かな明かりだけの空間で、私は女とテーブルを挟んで向かい合った。女は仮面姿の私に警戒しているのか落ち着きがなく、チラチラとこちらの様子を伺っている。

「あなたのお名前をお訊きしてもよろしいでしょうか」

「……シズクイシアリサ」

と女が私をちらりと見て返す。シズクイシなんて珍しい苗字《みょうじ》だ。雫石、と漢字をあてるのだろうか。

私は女に、この場所を訪ねてきた経緯を訊《たず》ねた。

「二週間くらい前から体調崩してて。特に、夜中になると急に熱が出て来て倒れちゃったりするの。もちろん病院に行ったんだけど、原因不明って言われるし。で、そんなんじゃ全然仕事にならないからどうにかしてくれって医者に頼んだら、ここを紹介されたってわけ」

病院によっては、原因不明の病を『物の怪《け》』や『憑き物』の仕業だと割りきって、あっさりとこのような場所を紹介するところもある。何百年にも渡って除霊を行っているこの鬼狐院は、その界隈《かいわい》ではかなりの知名度があった。

「詳しくお聞きしたいので、まずはあなたに関する基本的なことを教えてください」

「えっと……」

彼女は雫石有沙《ありさ》と名乗った。職業はホステス。歳《とし》は二十九。二十歳で結婚したが、すぐに離婚。小学校四年の娘がいるが、一緒に暮らしてはいないそうだ。別れた夫に親権があるのだろう。

「体調を崩されている以外に、何か症状はありますか？」

「……変な夢見んのよね」

――その症状を聞かされた瞬間、自然に私の眉間に力がこめられた。

「猫の夢ですか？」

「どうしてわかったの？」女は息を飲んだ。「猫が、すごい恨めしそうに私を見てくるの」

これだけ猫憑きが立て続けば、とても偶然とは思えなくなってくる。私が呪い代行師になってから七年が経《た》つが、猫憑きの除霊依頼は、これまで数えるほどしかなかった。

「失礼します」

私はテーブルを迂回《うかい》し、女のすぐ隣に座した。女の肩を軽く何度か摩《さす》ってリラックスさせたあと、そっと涙袋に触れてみる。そのまま下に押し開いて目の充血具合を確認していると、瞳が細かな振動を伴いながら、徐々に寄り目になっていくのを見た。なぜこのような現象が起きているのかわからないが、これも他の依頼人と同じだった。

女の黒目がきゅーっと目の端に半分も埋もれたあとで、私は手を叩《たた》いた。女の眼球が慌てて元の位置に戻る。

「猫憑きでしょうね」と私は説明する。「普通、猫憑きはせいぜい二日三日体調を崩すだけにとどまります。それがこれだけ長い間続くとなると、猫は相当な怨みをあなたに持っていると思うのですが……」

「そんなこと言われても全然心当たりない」と女は首を振る。「猫の怨みを買うようなことなんて絶対してない」

女は淀《よど》みなく答える。嘘をついている感じはなかったから、これ以上の追求は避けた。というより、この反応すらも規定事項のように同じだった。

「原因がわからないとなれば、申し訳ありませんが抜本的な解決はできません。私にできるのはあなたの体から猫の霊を取り除くことだけです」

「……なんで私がこうなったのか原因はわからないわけ？」

「ええ。残念ながら」

私はテーブルの上にある領収書の束から一枚剝ぎ取り、それに金額を記入して女に渡した。

「は⁉」女が請求書を確認するなり、素っ頓狂な声をあげた。「冗談じゃない‼」

領収書には、三十万円と記載されている。

「今からあなたに憑いているモノを私の体の中に取り込みます。そのリスクを考えれば、妥当な金額だと思うのですが」

「いくらなんでも高すぎるんじゃないの？」

「それならお引き取りください」私は立ち上がる。「私はどちらでも良いのです。あなたが病に倒れようが、死のうが」

「ちょっと待って」女は慌てて私の裾を摑《つか》んだ。「払う、払うから」

これもまた同じだった。

◇　◇　◇

例えば正方形の板。板の角にはそれぞれ小さな窪《くぼ》みがあり、窪みにはピンポン玉が収まっている。このピンポン玉に触れることなく対角のくぼみに移動させようとすると、当然板を傾ける必要がある。傾け過ぎるとピンポン玉は勢いよく転がって落ちてしまうから、ゆっくりと時間をかけて、少しずつ少しずつ慎重に傾斜させることが大事だ。

除霊はその感覚によく似ていた。

私は女の額に触れ、女の体に念を送る。その念が、女の体内にある異物とぶつかった。その異物を摑む——というよりも、呼び込む。少しでも雑にやると、異物はまた元の場所に戻ってしまうから慎重に。

女の体にあった異物が、私の中に入ってくるのを感じる。腹の下がずしりと重くなった——そんな特有の感覚があった。

「はい。もう大丈夫です」

私が女の額から手を離すと、張り詰めていた糸が切れるように女が脱力した。

「これでもう、変な症状に悩まされることはないのね？」

「ええ。あなたがまた猫の恨みを買うことがない限りは」

私ができるのはここまでだ。後のことは知らない。知ったことではない。

「では、お大事になさってください」

形式的な言葉を述べて、私はさっさと女を帰した。

◇　◇　◇

翌日、起きたのはまたも昼過ぎだった。起きるなり、私の頭上を浮遊する幽霊が見えた。最悪の目覚めだ。

「なにやってんの？」

「えとー、電話、鳴ってましたけど」

とラレコは私の枕元を指さす。

「電話？」

スマホを手に取った途端に着信音が奏でられた。

「もしもし」

『私だよ』

――なんだ潮崎《しおざき》か。

「なによ」

『なにじゃないよこのバカ』

この口の悪い人は潮崎竹子《たけこ》といい、霊能者を生業としている婆さんだ。一応、私の後見人ということになっているのだが、一緒に暮らしているわけではない。私との続柄はいわゆる『大叔母』というもので、私の祖母の妹にあたる人だ。

宮奈家に生まれて来るのは揃《そろ》いも揃って女ばかりだが、長女以外は呪胎の宿命を背負う必要はない。だから潮崎は呪い代行師にはならず、隣県で霊能者として生活していた。

『てっきり浄化に失敗して死んだのかと思ったんだけど、なんだ、生きてるじゃないか』

「立て続けに依頼があったから体調を崩しただけ」

『変なもん体に入れたんじゃ無いだろうね？』

「別に、猫の霊だから問題ないと思うけど」

『猫の霊だって油断しちゃいけないよ。体に入れて良いのかどうか、ちゃんと考えないと痛い目に遭う』

「そんなこと言われても、依頼を断ったら断ったで、鬼狐様の怒りを買うことにもなるじゃない」

宮奈家が背負う宿命とは袋小路みたいなものだ。除霊に失敗したら死んでしまうのに、除霊をしなければ鬼狐様に呪い殺されてしまう。

「で、何の用があって電話したの？」

『電話したのは私じゃないよ。莉唯《りい》のヤツさ』

「莉唯が⁉　どうしてそんな大事なことを先に言わないの⁉　莉唯を出して！」

『今外に出てるよ』

私は即座に通話を切って、莉唯に携帯に電話をかけた。

「もしもし？　莉唯？　ごめんね、ほんとにほんとにごめん、すっかり寝入ってて気づかなかったんだ。莉唯のこと無視してたわけじゃないの。本当よ、ごめんね莉唯、どうしたら許してもらえる？」

『え？　え？　ちょっと煌香ちゃん一人で会話しないでよ』

莉唯の笑い声が聞こえて、ようやく私は冷静になった。

「怒ってない？」

『どうして私が怒ることなんてあるの』

莉唯は私の唯一の理解者で、血は繋《つな》がっていないが姉と慕う人だ。

『ただちょっと心配になって潮《しお》さんに相談しただけ。私たちは特殊な業界にいるわけだから、やっぱり心配になっちゃうんだよ』

莉唯は中学卒業と同時に潮崎のもとに弟子入りをして、今では霊能者として立派に生計を立てている。私よりも八つ年上の二十六歳で、稀代《きだい》の霊能者だ。

「心配かけてごめん。私は大丈夫だよ」

『それを聞いて安心したんだけど、実は私、もう煌香ちゃんとこに向かってるんだ』

「えっ⁉　ち、ちょっとそれどういうこと？」

『泊まりに行っていいかな？』

「本当に⁉　もちろん‼」

『ふふ、じゃあ行くね。夕方には着くと思うから』

「駅まで迎えに行く？」

『ううん、平気。駅降りたら、すぐにタクシー乗るから』

電話を切ったあと、私は自然と微笑んだ。体の底から、じわじわと嬉しさがこみ上げてくる。なにしろ莉唯に会えるのは、二年ぶりだからだ。

真面目で勤勉な莉唯は、ただでさえ多忙だというのに、寸暇を惜しんで呪術やその解呪方法の知識を蓄えている。私と世間話をするためだけに連絡をしてくることもなければ、気軽に遊びに来ることもない。

嬉しい反面、だから妙だとも思う。たかだか電話に出なかっただけで、わざわざ隣県から来るだなんて。

そんなの全然、莉唯らしくなかった。

◇　◇　◇

屋敷中に掃除機をかけるのは、およそ一ヶ月ぶりのことだった。ズボラな私はこういう機会がないとすぐ怠ける。

掃除機をかけていた私の顔を、ラレコが覗《のぞ》いてきた。

「こーこちゃん」

「なに？」

「誰か来るんですか？」

「莉唯よ」

「リー？」

「二年くらい前、一緒に遊んでもらったの覚えてないの？」

「あい。忘れちゃいました」

ラレコは、舌をあむあむと噛みながら言う。

「掃除の邪魔だから、どっか行って」

「でもー、あのー、さっき猫さんとお話してたら、面白い話を聞いたんです」

「またその話？　どうせ話した内容を忘れてるくせに」

「今回はちゃんと、メモを用意しました」

ラレコは胸元から小さな卒塔婆《そとば》を取り出した。なんてもんに備忘録してるのよ。

「猫さんが言うにはですねぇ、えーっと」

ラレコは卒塔婆を矯《た》めつ眇《すが》めつして、首をひねり、そうして明々後日のほうを向いた。

「そういえばあたち、字が書けないんだった」

◇　◇　◇

玄関でそわそわしていると、ようやく屋敷の前にタクシーが停《と》まる気配がした。私は思わず玄関を飛び出しそうになる。しかし仮面をつけていない私が外に出るわけには行かず、すんでのところで踏みとどまった。書いて字のごとく首を長くしていると、磨《す》りガラス越しに莉唯の姿が映り、私は大きな声で莉唯の名前を呼んだ。

「莉唯！　開いてるよ！」

玄関の戸が開き、およそ二年ぶりとなる莉唯の姿が目に映る。莉唯は薄紫色のシフォンワンピースを着て、大きなバッグを肩にかけていた。目をつむったままで、笑顔を浮かべている。

「煌香ちゃん、久しぶり」

私は莉唯のバッグを肩にかけて、白杖《はくじょう》を持っていない左手を取る。

莉唯は生まれつき全盲だ。

「段差あるから気をつけてね」

「ありがと」

『なんだお前！　誰だ！　どろぼーか⁉』

と物陰から騒ぎ立てるラレコに、莉唯は静かに微笑み返す。

「ラレコちゃん、こんにちは」

「こ、こんちはー……」

普段、人に気づかれることのないラレコは動揺しているのか、それとも照れているのか奥へと引っ込んでいった。

「ラレコちゃん、相変わらずみたいね」

「うん。そろそろ成仏させようかと思うんだけど」

「そんなこと言って、なんだかんだでラレコちゃんが好きなんでしょう？」

「まさか。誰があんなの」

私は莉唯を居間に連れて行き、座布団に座ってもらった。冷やした麦茶をグラスに注いであげると、莉唯は喉を鳴らして飲み干した。

「ありがとう、生き返ったよ」

莉唯のワンピースは、汗が滲《にじ》んで紫色が濃くなっていた。

「駅で迷っちゃって、外に出るまで散々歩きまわっちゃった」

「だから迎えに行くって言ったのに」

「そんな、悪いよ。煌香ちゃん、あんまり外に出たくないでしょう？」

莉唯の言うとおり、外に出るのは大嫌いだ。

「ふう」

莉唯は胸元を開いてパタパタと風を送る。大きな胸の谷間がチラチラと見えて、私は思わず赤面してしまった。私とは比較にならないほど、莉唯の体つきは女性らしさに溢《あふ》れている。

莉唯の目は白く濁っているものの、それでもなお絶世の美女だと言える。それに声だってすごく綺麗で、高音なのにイヤな響きはなく、まるで風鈴のように優しく耳に馴染《なじ》む。

そんな声音だった。

「急に来ちゃってごめんね」

莉唯が人差し指で私の膝にそっと触れて、とんとん、と叩いた。その行動が意味するところは、『目を合わせる』ようなものだろう。

「迷惑じゃなかった？」

「迷惑なんて、そんなわけないじゃん。……でも、ほんとにどうしたの？」

「とくに意味はないよ。私、ずっと働きっぱなしだったから、はじめて長期休みを取ってみようと思って。だけどいざ休むって言っても、私は友達もいないしどうしたらいいのかわかんなくて。それで煌香ちゃんに連絡してみたの」

そういう理由なら安心だが、何か裏があるのではないかと少しだけ邪推してしまう。それは潮崎の言った言葉が、今も私の心に引っかかっているからだ。


――あの子はバケモノだよ。


いつか潮崎は、莉唯のことをそんな風に言った。

『この業界にはね、たまに恐ろしいほどの才能を持って生まれて来る子がいる。莉唯のそれは百年に一度くらいのものさ』

その界隈ではそれなりに名声のある潮崎をして言わしめるのだから、莉唯の才能は本物なのだろう。

『莉唯みたいな人間を怒らせたら、いったいどんな目に遭うかわかんないよ。だからあんたも気をつけな。絶対に怒らせるんじゃないよ』

まるで莉唯を悪魔みたいに言うから、私は潮崎に食ってかかった。

『そう怒るな。ただ、お前も知っておいたほうが良い。もし莉唯があの才能を悪用して、本気で呪術を操ったらどうなるか』

どうなるの？　と私が訊くと、塩崎は怖い顔をして言った。

『数えきれないほどの人間が死ぬよ。誘蛾灯《ゆうがとう》に群がる虫みたいに、バタバタとな』

◇　◇　◇

私は母の死後、しばらくは隣県にある潮崎の家に住んでいた。そこには私と潮崎の二人だけがいたのだが、二人暮らしと言うと語弊がある。私は潮崎に、ただ飼われていただけだった。庭の端に佇《たたず》む雨ざらしの小屋。それが私の棲家《すみか》だった。ご飯は一日二食、小屋に運ばれて来るのを食べ、仮設トイレを使用する。私が許可された生活範囲はこの小屋と仮設トイレだけで、母屋への出入りは禁止されていた。

別に虐待されていたわけではない。小屋の中には電気が通っていて、冷蔵庫や扇風機、ストーブなどの電化製品を使えたし、新しい本が欲しいと言えば、潮崎は十冊単位で揃えてくれた。

だけど孤独は常に付き纏《まと》った。泣き出してしまうことなどしょっちゅうだった。それでもあの小屋から脱走しなかったのは、私のような存在が外に出れば、もっとヒドい扱い受けると潮崎から刷り込まれていたからだった。とはいっても、潮崎の言っていたことは残念ながら正しかった。

『お前は呪われた子だよ。外に出ることは許されないんだ』

私に鏡を向けて潮崎は言った。

『よーく自分の顔を見てごらん。禍々《まがまが》しいだろう？』

見たくない、と嫌がる私の頭をがちりと摑み、耳元で残酷な言葉を口にした。

『お前は人間じゃない誰にも愛されない、仮面をつけて生きて行くしかない怪異なんだ』

おかげで私は嫌でも自分が怪異であることを自覚し、人に迷惑をかけないよう塞ぎこんだまま生きていた。

そんな私にある転機が訪れたのは八歳のとき。その日はとても暑い日で、扇風機の前でひっくり返っていた。

とんとん、と小屋の戸を叩く音がした。

『ここを開けてもいい？』

聞き慣れない声がして、私はすぐ冷蔵庫の陰に身を隠した。この場所に潮崎以外の人間が現われたことは一度もなく、だから誰かがきっと、怪異の私を捕まえに来たのだと思った。

『煌香ちゃん、開けるよ？』

戸が僅かに開き、その隙間から一条の光が伸びてきた。光が私のつま先をかすめ、すぐに足を引っ込めた。

『怖がらなくても大丈夫』

優しい声だな、と刹那思った。私はタオルで顔を覆って、おずおずと冷蔵庫の陰から覗いてみた。

『こんにちは、煌香ちゃん』

優しげに微笑むその人に、私はすぐに違和感を抱いた。視線が、定まっていない——というか、白く濁った目をしていた。

『今日は暑いから庭でスイカを一緒に食べようよ。大丈夫、潮さんなら今日は夕方まで帰らないから』

それが私と莉唯の最初の出会いだった。

全盲の莉唯の前では、私は自分が怪異であることを忘れられる。仮面をつける必要なんて、どこにもなかった。

◇　◇　◇

ところで莉唯はほとんど料理をしないらしい。だけど料理に興味がないわけではなく、むしろ料理をしたいと思っているが、同居する潮崎から『火事でも起こされたらたまったもんじゃない』と台所に立つことを禁止されている。

「せっかくだから今日は料理してみたいな」

もちろん断る道理はなくて、私は莉唯と一緒にカレーを作ることにした。食材を切るのはすべて私が担当し、具材を炒《いた》めるのは莉唯に任せた。

「こんな感じでしょ？　ふふ」

莉唯は得意げに鍋を振っていたものの、あちこちに具材が飛んでいくから私は面白かった。

「もうほとんど鍋の中に具材が残ってないよ」

「……なんですって？」

「このままだと具なしカレーになっちゃうね」

「笑ってないで、具材拾ってよ」

私は飛び散った具材を再び鍋へと戻した。

「ねえ、莉唯って普段なにを食べるの？」

「基本は潮さんの作る料理だね。ほんと、師匠に迷惑かけてばっかりだよ」

料理ではめちゃくちゃな手つきを見せた莉唯だったが、食事の際にはお皿からカレーをこぼすことなく、器用にスプーンを使って食べていた。本当は目が見えているのではないかと一瞬疑ったが、その直後に麦茶の入ったボトルをちゃんと肘で倒していた。

「あはははは！」

こんなに楽しいのはいつぶりだろう。どんなに面白い小説も、莉唯と一緒にいる時間には適《かな》わない。私にとって読書は、莉唯に会えるまでの暇つぶしでしかないのだと思い知らされる。

莉唯が入浴している間に、私は鼻歌交じりに布団を敷いた。夜は莉唯と、どんな話をしよう。考えるだけでワクワクする。今日は久しぶりに、悪夢を見ずに済みそうだった。

「シクシク、シクシク」

と女性が啜《すす》り泣く声がする。

私が布団を敷く傍らで、ラレコが顔を袂《たもと》で覆っていた。

「なに泣いてんの」

「なんだかこーこちゃん、とても楽しそうなのです」

「それがなんだっていうのよ」

「あたちなんか必要ないんだって思うと、悲しくて。シクシク」

「退《ど》け」

ラレコを手で払いつつ自室を出たが、すぐ後ろをついてきた。まったくうっとうしい幽霊だ。

「あのー、あたちも一緒に遊びたいんですけど」

「あとで相手してあげるから」

「あはー。やったやった。あたち、鬼ごっこがしたいです！」

「はいはい」

「約束ですよ、鬼ごっこ」

「……もういいから、あっち行って」

「あ。そういえば」とラレコはぼうっと庭を眺めながら言う。「猫さんから、面白い話を聞いたんです」

「ねえ、いい加減にしてくれない？　どうせ忘れたんでしょう？」

「あい。こーこちゃんの言うとおりです」

「どっか逝け」

「でも問題ありませんよ。だって、猫さんがここにいますから」

ラレコが指さす庭の灯籠の前に、猫がちょこんと座っていた。暗闇の中、屋敷の明かりに照らされぼんやりと光っている。

「猫さん猫さん、さっきの話をもう一度してちょーだい」

「にゃあ」

猫は小さく返事をしてから、悠々と毛づくろいをしはじめる。そうして大きく伸びをすると、私のほうを一切見ずに、塀の向こう側に消えて行ってしまった。

「あちゃー」

ラレコは猫が消えていったのとは真逆のほうを向いて、いつものように紫色の舌をあむあむと噛んだ。

「逃げられちゃいましたね」

◇　◇　◇

午後の十一時には二人揃って布団に入ったものの、私と莉唯は取り留めのない話に花を咲かせ、気づけば丑《うし》三つ時になろうという頃だった。

「ほんとあの時は楽しかったよね」

まだ私が潮崎の家に居たころ、潮崎の留守中に内緒で母屋に泊まったことがあった。

「もし潮崎にバレたら殺されると思ったから、私は気が気じゃなかったけど」

「私はバレなきゃ大丈夫だって、煌香ちゃんをあの小屋から無理やり連れ出したんだっけ。ふふ」

いつものように、莉唯は風鈴を思わせる涼しげな笑い声を立てた。

「煌香ちゃん、あの日までお風呂に入ったことなかったんだよね」

そうだった。それまではどんな真冬でもホースで水道水をかぶるだけだったのに、その日は初めて温かいお風呂に入り、誰かと食事をし、ふかふかの布団で寝た。

だけど朝方、予定よりも早く潮崎が帰ってきてしまった。私が母屋で寝ていたことに気づくや否《いな》や、潮崎は烈火のごとく怒った。そのとき何よりも辛《つら》かったのは、潮崎は私ではなく莉唯を叱ったこと。潮崎は莉唯を窓のない部屋に押し込み、襖に呪術をかけた。

『襖を開けたきゃ開ければいい。ただし、触ったら三日三晩、体中の皮膚が燃えたように痛み、最悪死ぬよ』

今でも、潮崎による呪術の一部始終をはっきりと覚えている。潮崎は何の躊躇《ちゅうちょ》もなく己の親指の付け根辺りをナイフで切った。手は瞬《また》く間に鮮血に染まり、その手を襖にくっつけると、低い声で呪文を唱えた。

その横で私は泣きながら莉唯を許してあげてと懇願したが、髪を引っつかまれて物置小屋へと戻されたのだった。

「あれからもう十年以上が経ったんだね。煌香ちゃんもすっかり大人だし、好きな人もできたんじゃない？」

「えっ⁉」ふいを突かれ、私は頓狂な声を上げてしまった。「いないよ、そんなの……」

「ふうん？」莉唯は何かを確信したようにニヤニヤと笑う。「で、どこの誰なの？」

「だからいないって」

と否定する私だけど、思い浮かべてしまう人がいる。それを姉のように、いやそれ以上に慕う莉唯に打ち明けられないのは、恥ずかしいのではなく、単純に――

恐ろしいのだ。

すべてを打ち明けたら、莉唯でさえ私を激しく軽蔑するに違いない。そういう相手に、私は恋心を抱いていた。

「煌香ちゃんはほとんど外を出歩かないから……出会いがあるとすれば、宅配便の人とか、除霊の依頼人だよね」

人の気配に敏感な莉唯は、私が息を飲んだのも感じ取ったことだろう。誤魔化してもどうせお見通しなのだから、私は無理に否定せずにただ頷《うなず》いた。

「除霊の依頼で来た人かな？」

「……うん」

「仕事は何をしている人なの？」

「私立探偵」

「えー！　すごい、ホームズだ！」

そんなカッコいいものではない。探偵とはヤツにとって仮面のようなものでしかない。仮面の裏側に、ヤツはおぞましい闇を隠している。

「デートとかした？」

「……それは」

GWの、あの恐ろしい夜を思い出して私の体が怯《おび》えはじめた。

「デートしたの!?　すごいじゃん！　で、何歳くらいの人？　年上？　年下？」

「莉唯のほうはどうなの？」と私は話を逸《そ》らした。「莉唯はかわいいから、言い寄られることも多いんじゃない？」

「そんなことないよ。煌香ちゃんだって仕事中の私を知ってるでしょ？」

「あー」

確かに、仕事中の莉唯は全然かわいくなかったりする。私は霊能者としての莉唯をたったの一度しか見たことはないが、できればもう見たくないと思うような姿だった。

「ふわぁ」

と莉唯が大きなあくびをする。

これ以上ヤツのことを聞かれるのは苦しいから、すかさず電気を消して布団に潜り込んだ。その気配をちゃんと感じ取った莉唯もそれに倣う。

莉唯にすべてを話したいのに、話せない。心の中がもやもやとした。

「ねえ煌香ちゃん」

「うん」

「私、明日も泊まっていい？」

「え」私は体を起こした。「もちろんいいけど、でも、仕事は大丈夫なの？」

「言ったでしょ、長期休みだって」

「そっか、うん、そうだよね」

「煌香ちゃん、私で良かったらなんでも話してね」

「うん……わかった。ありがとう」

莉唯に相談したいこと、話したいことはたくさんある。この界隈で最近多発している猫憑きのこともそうだが、やっぱり私はあの男――『笠原《かさはら》』のことを相談したい。私のような存在を愛してくれる、恐ろしい闇を抱えたあの男のことを。

「一つひとつ解決していけば大丈夫だからさ。そんな顔しないでよ」

莉唯には、何もかもお見通しなのだ。

◇　◇　◇

数年前に、私は一度だけ霊能者としての莉唯を見たことがある。私がまだ潮崎の家にいた頃の話で、私は九歳、莉唯は十七歳だった。莉唯は驚くべきスピードで師匠である潮崎から霊能者の技術を受け継ぎ、僅か半年で認められることとなった。

とはいえ、とても厳しい卒業試験のようなものがあり、それに合格できれば、という条件つきだった。正座したまま何時間も経文を読み上げるものから、滝打ちに巡礼、絶食に独房など、あらゆる苦難が莉唯を待っていた。

だけど莉唯は決して弱音を吐かず、それを涼しい顔でやり遂げてみせた。残すは最後の試練のみで、少しの滞りもなく莉唯は霊能者になるのだと私は疑っていなかった。

莉唯に課せられた試練は、霊能者の代名詞である死者の魂の憑依《ひょうい》を、実際に霊山で行うというものだった。霊山には霊能者用のプレハブ小屋があり、莉唯は目標を達成するまでそこで生活することを余儀なくされた。

『一回の憑依は千円。莉唯に課したノルマは二万円だから、二十人を相手にできればお役御免さ。まあ莉唯なら三日もしたら帰ってくるだろうね』

莉唯を待つ間の私は心配で仕方なかったが、莉唯の才能を信じていた潮崎は全く心配していない様子だった。

ところが、蓋を開けてみれば三日経っても莉唯は帰って来なかった。

私は何度も様子を見に行こうと潮崎に頼んだが、下手に師匠が迎えに行っては流派を継承できないらしく、頑として動いてくれなかった。だからじっと待った。一週間までは。

『さすがに時間切れだねえ。一週間、あの子は飲まず食わずなわけだから、これ以上続けさせたら生死に関わってくる』

潮崎が霊山に向かう準備をしている最中、私はついて行くと言ってきかなった。あまりにしつこいので蹴り倒されたが、それでも私は塩崎の髪の毛にしがみついて懇願した。結局折れたのは潮崎で、仮面をつけた私は潮崎とともに山に入った。

霊山とは死者の魂が還る場所であるとされている。そういう場所だから霊能者が何人かいて、死者の魂の憑依を希望する人たちの列ができていた。

その中に、一際長蛇の列を作っている老婆の霊能者がいた。煤《すす》だらけの顔は生気がなく、ただ死者と生者を繋げるために、自らを道具として捧げているようだった。莉唯もあんな状態になっていたらどうしよう、と不安を胸に抱いていた私は、ある事実に気づいて思わず叫んだ。

『……………莉唯!!』

老婆だと思っていたその霊能者は、紛れもなく莉唯だった。すっかり痩せこけ、生気を失い、まるで別人だった。私は列を無視して莉唯のところへ駆け寄り、そして抱きついた。莉唯、私だよ、煌香だよ、家に帰ろう、私は涙ながらに訴えた。

だが次の瞬間、私は尻もちをついていた。私は、突き飛ばされたのだ。

あの、いつでも優しかった莉唯に突き飛ばされたことがショックで、私は涙も忘れてその場でしばらく呆《ほう》けていた。

『さ、帰るよ』

潮崎は私をおぶった。

『莉唯のこと、連れていかないの？』

『気が済むまでやらせてやるさ』

『莉唯は霊能者の試験に、合格したの？』

『合格もクソもあるか』

やっぱりあれは危険すぎる、と潮崎は言った。どうしてそんな風に言うのか。莉唯は誰よりも清く、そして優しい人なのに。

『お前は莉唯の過去を知ってるのか？　知らないだろう？』

『過去？』

『中学を卒業と同時に私に弟子入りした盲目の少女が、それまで順風満帆な生活を送って来たとでも思ってんのかい？　怪異のお前よりも、莉唯のヤツはよっぽどヒドい日々を過ごして来たんだ』

莉唯の過去に何があったのか知らない。知るのが怖くて、知らないままでいる。

◇　◇　◇

鬼狐院は木々に囲まれているせいだろうか、水を油で揚げたようなやかましいセミの声が響き渡っている。

鬼狐院には生憎《あいにく》クーラーがない。居間はそれなりに広いというのに、扇風機が首を振る範囲だけが私たちの居場所で、暑さはうっとうしいが、すぐ近くに莉唯がいる安心感はかけがえがない。

昼頃に起きだした私たちは近所の蕎麦屋《そばや》から出前を取った。この蕎麦屋はたまに利用するから勝手がわかっていて、玄関に用意して金と引き換えに、注文したものを置いていってくれる。決して姿を現さない屋敷の主に、蕎麦屋はきっと気味悪く思っていることだろう。

「ふーん、猫憑きねぇ。猫憑きなんてそんなに起こることじゃないのに、短期間に三回も起きてるのは何だか妙だね」

ざるそばを二人して啜ったあと、私は最近多発している猫憑きについて相談した。

「こういう場合、どんなことが考えられる？」

「そうだねえ……もしかしたら、『シエキ』かも」

シエキ？　私益？

「猫の怨みを操って、人に呪いをかけるって術」

なるほど、使役か。

「……猫の霊を使役するのって、とっても残酷なことをするんだよ。拷問して、猫の怨念を意図的に生み出すんだ」

猫が拷問されようがされまいが、私にとってはどうでもいいことだが、莉唯にヒドい人間だと思われたくない私は、同情するようにため息をついた。

「私の予想だと、術主は最近この近辺に引っ越してきた人だと思うな」

「どうして？」

「この辺りで呪術を使うってことは、鬼狐院の存在を知らない可能性が高いから。先祖代々呪いを扱う家系に生まれて、なおかつ代々この地に住んでいる人なら、鬼狐院のことは絶対に知ってると思う」

「……うん。そうだと思う」

「だけど、そろそろ術主は煌香ちゃんの存在に気づきはじめてる頃だろうね。もしも術主が煌香ちゃんに呪術の矛先を向けてしまったら、本当に大変なことになっちゃう」

呪いはウィルスと似ているところがある。体内に入ったウィルスに自己免疫が働くように、呪いには自身の念が抵抗力として働く。これによって、よっぽど強力でない限り呪いはいつか消滅する。

しかし私の場合は、自身にかけられた呪いに対する抵抗力が一切ない。呪いは消えることなく私の中にとどまり続ける。そればかりか体内で増幅してゆくのだ。まるでウィルスが増殖するように。そして、いつかは死に至る。

宮奈家の女は、皆が皆そうして命を落としてきた。だから人の恨みを買うようなことはせず、できる限り人と関わらずに生きていくのが鉄則だ。

「次に猫憑きの依頼があっても、もう煌香ちゃんは体の中に入れないほうがいいよ。術主が煌香ちゃんを呪う可能性がある以上はね」

「でも……それで鬼狐様の怒りに触れるのも怖いんだ」

除霊依頼で訪ねて来た人間を無下にすることはできない。

「……私、どうしたらいいのかな？」

「術主を見つけて、呪術を辞めさせるのが最も確実かな」

「だけど私に術主を特定するような能力はないよ。私はただ、人にかけられた呪いや、憑き物を私の体の中に入れることしかできないから」

莉唯は静かに首を振って、私のひざにそっと手を乗せた。

「術主の特定に、特殊な能力は必要ないよ。人間的なやり方でいいの」

「姿が見えない術主を特定するなんて……」

「手がかりは多くないけど、でも全くないというわけじゃない。私が思うに、この術主は短絡的で、計画性のない、あまりかしこいとは言えない人物だと思うんだ」

「どうしてそんな風に思うの？」

「だって、これだけ立て続けに使役を行ってるってことは、後先を考えてない証拠じゃない。自分がちょっと気に食わない人間がいれば、猫の霊を使役して呪いをかけてるわけだから」

感心して、私は何度も頷いた。まるで映画やドラマで観《み》たプロファイラーみたいだ。

「これまでの被害者は三人。その三人と関わりのある人物が、私は術主だと思う。煌香ちゃん、これまでの依頼主の個人情報は控えてる？」

「もちろん」

私は机のファイルから、猫憑きの依頼で来た三人の個人情報を抜き取った。

「最初に来た依頼主は、銘《め》苅《かり》光代《みつよ》、六十六歳。旦那さんとは熟年離婚したらしくて、今はアパートの家賃収入と年金で生活してるって」

莉唯が先を続けて、と手の平を向けたので、私は二人目の個人情報を読み上げる。

「二人目は大橋智則《おおはしとものり》、五十一歳。建設会社に勤務。奥さんとの二人暮らしで、息子はもう実家を出てよそで生活してる」

「息子さんは結婚してるの？」

「わかんない」

「いいよ。続けて」

「三人目は、雫石有沙、二十九歳。仕事は水商売。バツイチで、娘は前の夫のところにいるみたい」

「……なるほどねえ」

莉唯は腕を組んで考え込んだあと、

「三人目の雫石有沙さんに、まずは電話してみるべきかな」

と言った。

「どうして？」

「一番若いから、気兼ねなく話してくれる可能性が高いかなって」

私は昨晩会ったばかりの雫石有沙を思い出す。年齢をいくらでもごまかせそうな童顔に、愛嬌《あいきょう》のない笑みがちぐはぐで、かわいげのない子供のような印象を受けた。私に対する、あの不貞腐《ふてくさ》れたような態度に鑑みて、誰かとトラブルを頻繁に起こしていたとしても少しも驚かない。

「ということで、明日雫石有沙さんに連絡を取ってみよう」

「それで……そのあとは？」

「もし雫石有沙さんに、誰かの怨みを買った心当たりがあれば、その人物と残りの二人の被害者との関連性を調べてみる。運が良ければ、すぐに術主に辿《たど》りつけると思う」

そんなに上手くいくだろうか。

「大丈夫。そんな顔しないで」

私の顔が見えているかのように言って、莉唯は優しく微笑んだ。

◇　◇　◇

虫は好きではないが、ひぐらしだけは別だったりする。夕暮れ時、きん、と涼しく響くあの声は、日中に滞留した熱を冷ましてくれる。もしもひぐらしがこの世界にいなかったら、夏はもっと暑かったことだろう。

しかし、今日に限ってはひぐらしの声は少し冷たく感じた。悲しく、そして切なく私の心に響いてくる。

「ねえ煌香ちゃん、スイカの種、どっちが遠くまで飛ばせるか勝負しようよ」

莉唯は大きく息を吸ってから、「ぷっ」と種を飛ばした。

「どこまで行った？　飛行機に当たらなきゃ良いけど、ふふふ」

なんてポジティブに言うが、種は莉唯の胸の辺りに落ちていた。

「煌香ちゃん、元気出してよ。楽観的すぎるのはあまり良くないけど、悲観的過ぎるのはもっと良くないからさ」

「……うん」

「ほら、不貞腐れないで」

「不貞腐れてない」

雫石有沙には、恨みを買ったであろう人物がごろごろいた。しかしその人物と、他の被害者である大橋智則と銘苅光代の間に何の共通点も見つからなかったのだ。

「スイカ、おいしいね」

「うん」

私は生返事をするのがやっとで、次のスイカに手が伸びない。頭上では群れた数羽のカラスが、不吉に何かを喚《わめ》きながら飛んでいた。

莉唯はまた空へと種を吐き出して、その行く末を私に聞いてきた。莉唯が飛ばした種は、ちょうどカラスに重なり見えなくなった。茜色の空の遠くには分厚い雲があって、ゆっくりとこちらへ流れている。

なんとなしに雲の動きを目で追っていると、庭を囲む塀の上に、数日前から出入りしているあの三毛猫の姿を見つけた。

種をあの猫に飛ばして追い払おうと思ったのだが、はっとして即座にラレコを呼んだ。

「ラレコ、ちょっと来て！」

「あーい」と、どこに隠れていたのか、ラレコは軒下からにゅーっと出てきた。「呼ばれて飛びでてじゃじゃじゃじゃーん」

「余計なことしなくて良いから、あっち見て。ほら、またあの猫が来てる。あんた、あの猫からなにか大事な話を聞いてるんでしょ？」

「はて。そうでしたっけ？」

それ自体を忘れるとは絶望的な記憶力だ。

「もう一度その話を聞いてきて欲しいの」

「でも、猫さんいなくなっちゃいましたけろ？」

言われて確認すると、三毛猫の姿はすでになかった。

「あんたがぐずぐずしてるからでしょ！　呼ばれて出て来てなんちゃらとかやってるから！」

「あのー、呼ばれて飛びでて、です」

「そんなことどうでもいい！」

と私がラレコを叱責していると、

「猫ならここにいるよ」

莉唯の穏やかな声が聞こえた。

振り返ると、莉唯の膝の上にちょこんと三毛猫が乗っていた。莉唯に喉を掻《か》いてもらって、気持ちよさそうにゴロゴロと喉を鳴らしている。

「ラレコちゃんは、猫とお話ができるのね？」

「あい。できます」

「この猫ちゃん、どうしても私たちに言いたいことがあるみたいなの。ラレコちゃんが聞いてあげてくれないかな」

「しょーがないですねぇ」

ラレコが猫に顔を近づけると、猫は眠そうに細めていた目をゆっくりと見開いた。猫は話すどころか鳴きもしないのだが、ラレコはふむふむと相槌《あいづち》を打ちはじめる。

「鰹節《かつおぶし》で猫さんたちを誘き寄せて、へんてこな仮面をつける人みたいですねぇ」

猫に仮面？　いったい何のためにそんなことをするのだろう。

「そうしてから袋に入れられて、連れていかれるみたいです」

つまり猫を誘拐しているわけか。その誘拐犯が、猫憑きの術主である可能性は高い。

「猫の誘拐犯がどこに、いつ現れるのかも聞いてみて」

「ふむぅ……どこかの公園です。えーっと時間は、二時頃だと思います」

直接その場所に行って猫誘拐犯を特定したいのは山々だが、外出に仮面必須の私にはリスクが大き過ぎる。職質されたら一大事だ。もちろん盲目の莉唯は無理だし、ラレコは記憶力がほぼないから情報を持ち帰ることはできない。

「ねえラレコ、その猫に、猫誘拐犯を尾行するように頼んでみてくれない？」

私はなかなか良い考えだと思ったのだが、莉唯が私の膝に人差し指をあてて、

「それはできないよ、煌香ちゃん」と首を振った。

「どうして？　だってこの猫、ラレコと会話ができるくらい賢いんだよ？　それくらい頼めるんじゃない？」

「会話と言っても、猫ちゃんから音声の伝達は全くなかったよね？　だから実際は会話じゃなくて、猫ちゃんの思念だったり記憶だったりを、ラレコちゃんが読み取ってるんだと思う。だって猫が『時間』という概念を理解しているとは思えないもの。きっと二時頃っていう情報は、この猫が見た時計の記憶だと思う。つまりこの公園は、きっと時計台があるんだよ」

思念を読み取るなんてことができるのか。この幽霊は。

「幽霊というのは実体がないから物理的な干渉は受けない。そのぶん心に肉薄できる存在なんだよ」

「肉体がないから、心の中を覗くことができる……みたいな感じ？」

「そういうこと。たとえば神社なんかで神様にお願い事をするとき、私たちはわざわざ口に出したりはしないよね。それは神様が心を読み取ることができるからだよ」

「神様にも肉体がないから」

「そういうことだね」

莉唯はそこまで言い終わると、膝に置いていた猫を下ろした。

「というわけで、猫誘拐犯の特定はその手のプロに任せようか」

「え？　そんなプロがいるの？」

「ふふ」

と莉唯が笑う。それで私はようやく、莉唯の思惑がわかった。

◇　◇　◇

あんなヤツに依頼するのは嫌で仕方がないが、背に腹は変えられないのも事実だ。選択肢に余裕があるほど、私の人脈は豊富じゃない。

『煌香さんからご連絡が頂けるなんて思いませんでしたよ。本当に嬉しいです。煌香さんが私の番号をまだ残していたこと、心より感謝します』

二ヶ月ぶりに聞くヤツの声だ。心が一瞬だけ踊ってしまったことに嫌悪し、私は思わずスマホを強く握った。

「……勘違いしないで。あんたにもらった名刺がたまたま捨てずに残ってただけだから」

私はヤツの名前と電話番号が書かれた名刺をテーブルに置いた。笠原意志《いし》。それがヤツのふざけた名前だ。『オカルトから身元調査まで、なんでも引き受けます』と印字された文言まで、なぜだか無性に腹立たしい。坊主憎けりゃ袈裟《けさ》まで憎い。

「あんた、まだ生きてたのね」

『ええ、おかげさまで。それで、今日はいったいどうなさったのです？』

私は手短に用件を伝えた。

『ほう。誰かが猫の霊を使役するために、猫を誘拐しているわけですか』

「今日からお願いできる？　手がかりは私の住む屋敷の近辺で、時計台がある公園。深夜の二時頃に、そいつは猫を誘拐しにやってくる」

『ええ、早速今日から動き出したいと思います』

「ありがと。見積もりは？」

『そんな、煌香さんからは頂けませんよ』

「ダメよ。ちゃんと金は受け取って。私はあんたに借りなんて作りたくないから」

『私も借りを作らせるつもりはありませんよ。ただ、少しだけあなたとお話ができれば、それで良いのです』

あんな男に会ってはいけないと思う一方で、一度だけなら、という甘い考えが、潰しても潰して溢れてくる。その一度が命取りになることだって大いにあり得るのに。

「ねえ、今日は私のお姉ちゃんが来てるの」私は牽制の意味を込めて言った。「私に何かあったらすぐにわかるから。それを肝に銘じておいて。私のお姉ちゃん、怒るとすっごい怖いんだからね」

『以前お話していた、霊能者のお姉さまですね。もしかして煌香さん』急に笠原の声のトーンがひとつ下がった。『お姉さまに私のことをすべて話しましたか？』

「話してないから安心して。というか、あんたみたいな人間と関わってるって、お姉ちゃんには知られたくないから」

こんなバケモノと関わりを持っていると知ったら、莉唯は幻滅するに決まってる。

「それは良かったです。では、すぐに調査を始めたいと思います。煌香さん、私は本当にあなたを愛していますよ」

嘘偽りのない純粋な言葉が私の心を軋《きし》ませる。私は無言で通話を切って、髪を掻きむしった。

◇　◇　◇

夜の十一時を回った頃に、私はハイエースの後部座席に乗り込んだ。

私が今日、数多ある仮面の中から選んだのは能面だ。照らしても曇らせても一切表情を変えないそれを選んだ理由は、ヤツに決して心を覗かれたくないからだ。怒っていることも、悲しんでいることも、不安でいることも。

それに対して笠原は、まるで昨日会ったばかりのように微笑んだ。

「お久しぶりですね、煌香さん」

色白で優男《やさおとこ》風。一見すると無害そうに見える。物腰は柔らかく、人当たりが良いために、初見で笠原に嫌悪感を抱く人はほとんどいないだろう。

「最後にお会いしたのは……ＧＷのことでしたね」

もう二度と思い出したくもないＧＷが話題にのぼり、私は仮面の小さな覗き穴から笠原を睨んだ。

「……そんなことより、公園の場所はわかったの？」

「ええ、この近辺の公園をすべて調べて参りました」

「ここから近い？」

「ええ。行ってみますか？」

「そうね」

国道から小道に入り、しばらく住宅街を走ったあと、黄色い看板のコインパーキングに車を停めた。すぐ近くには、確かに公園がある。公園はつつじに囲まれているが、眠るキリンのように時計台が首を出していた。中央には水銀灯の光が申し訳程度に辺りを照らし、誰か現れれば察知できる。万が一予定より早い時間に猫誘拐犯が現われたとしても、問題はなさそうだった。

笠原はシートに深く腰を沈めると、窓の外を眺めながら口を開いた。

「お姉さまがいらしているのはお仕事で？」

「ううん。今夏休みなの」

「そういうことでしたか。あなたたち姉妹は仲がよろしいんですね」

血は繋がっていないが、私は莉唯のことを躊躇せずに姉だと言える。

「私にも弟がいるのですが、最近はお互い忙しくて会っていません。私は今年で三十になりますが、弟は今年大学を出たばかりなんです。新社会人として、色々と頑張っているみたいですね」

「……なんか意外」

「なにがでしょう？」

「笠原に家族がいること、全然想像できないから」

「……」

何も返さないのでちらりと様子を窺《うかが》うと、歯を見せて不気味に微笑む笠原がミラー越しに見えた。

「それはきっと、私のことを人間だと思っていないからですよ」

確かに言うとおりかもしれない。家族と笑い合っている笠原を想像しようとすると、自動的に奇妙な映像が思い浮かぶ。一家団欒《だんらん》で食卓を囲む中、笠原だけは泥で作られた仮面をかぶっていて、まるで時間が止まっているかのように静止しているのだ。しかし家族はそんな笠原を気にも留めていないから、チグハグで、気持ちが悪い。

「家族の中にいる私は、至って普通の人間でした。学生のころも本当に平凡な人間で、私のことなど誰も覚えていないでしょう」

「弟は……あんたと違って普通なのよね？」

「ええ。少なくとも特殊な美的感覚は有していません。弟の恋人を紹介されましたが、至って普通のお嬢さんでした」

笠原の言う『特殊』とは、ようするに私のような怪異を美しいと思う感覚だ。

「お姉さまは、煌香さんに似てらっしゃいますか？」

「いいえ。私と違ってブスよ」

「それは誰にとってですか？」

「あんたにとってよ」と私はミラー越しに笠原を睨んだ。「世間一般で言ったら、妖怪じみた美しさよ」

「私にとっては、あなたより美しいものはありません」

笠原が言うのは決してお世辞ではない。そのことは私が一番よく理解している。

「どうか仮面の下のお顔を、もう一度だけお見せ頂けませんか」

「ふざけないで。お互いここで死にたいの？」

「冗談ですよ」

笠原は切なそうに笑った。

この男は、私のような怪異しか愛せない。

だから初めて笠原と出会ったとき、運命を感じてしまった。私を愛してくれるのはこの人しかいないと。今思えば、なんて都合よく考えていたことか。恋は盲目とは言い得て妙。愛を知らず、愛に飢えていた私は、こんなバケモノに愛され喜んでいた。

「この三ヶ月、あなたは私の電話をずっと無視していましたね。それは私にとって非常に困ることです。あなたがいなければ私は死んでしまいます」

「除霊のことなら、他をあたってって言ったでしょ」

「それはやはり、問題があるのです。どうか除霊はこの先も行ってはもらえないでしょうか。実はまた、何かに憑かれてしまったようなのです」

私これまでに数え切れないほどの除霊をしてきたが、笠原はその中でも突出して憑かれやすい体質だった。異常とも言えるほどに、笠原は様々な憑き物や呪いを背負ってしまう。

「煌香さんお願いです、どうか除霊だけでもお願いできませんか」

「本当に除霊だけ？」

「ええ、もちろんです。あの夜のようなことは……」

「その話はしないで!!」

私が怒鳴ると、笠原は悲しみを含んだ笑みを浮かべ、ゆっくりと頷いた。

「残念です。あなたが私のすべてを知りたいと仰るから、私はすべてを見せたのに」

「じゃあ、なに、私が悪いって言うの？」

「いいえ。誰も悪くなどありません。ただただ不幸で、残念なことなのです」

笠原は目をつむって、ゆっくりと首を振った。

それから私と笠原は無言のままでいた。ＢＧＭは私が拒否したので、空調の音と虫の鳴き声だけが延々と続く。

「もっとあなたとお話したいことがあったのですが、どうにも言葉が見つからなくて。すみません、退屈させてしまって」

そんな風に言ってみせると、案外常識的な人間に見えて来るからなんとも笑える。

実際は怪異を愛し、怪異の血を飲むことで性的興奮を覚えるバケモノなのに。

笠原がこのような特殊な性的嗜好《しこう》を獲得してしまった経緯は、今から二十年も前に遡る。

当時、十歳だった笠原は、塾の帰りに黒いコートを着た女性に声をかけられた。その女性はとても人間とは思えないほどに美しく、そして官能的だったという。雪のように肌が白く、髪は月夜を流れる川のように黒くて長く、艶やかだった。

幻惑的な魅力に取り憑かれ、笠原は女性に誘われるがままホテルへと入った。ラブホテルではなく、超がつくほどの高級ホテルだった。そこで笠原は女性から性的な刺激を受けた。

快楽で笠原を押さえつけた彼女は、激しく腰を笠原に打ち付けながら、笠原の首筋に噛みついた。そして、信じられないことに血を吸ったのだ——いや、吸うなんて生優しいものではなかった。動脈からドクドクと流れ出る血を飲み続けだ。そして笠原は彼女の真似をし、性交とはそう振る舞うものなのだと解釈して、血を飲んだ。

笠原が正気を取り戻したとき、病院のベッドに寝ていた。

この出来事は笠原の人生を大いに狂わせた。激しい快楽に溺れながら、無我夢中で血を飲んだ夜のことばかりを思い出す。もう一度彼女との交わりを切望したが、彼女は二度と笠原の前に姿を見せなかった。

笠原は、あの美女は人間ではなかったと思っている。吸血鬼——そう解釈すれば辻褄《つじつま》が合う。人を異常なまでに惹《ひ》きつける魅力や、なにより吸血した相手をも血の虜《とりこ》にさせたのは、まさに吸血鬼の特性と言える。厳密にはこのとき、笠原は人間ではなくなってしまったのだろう。笠原の体に、いくつもの変化が現れた。

異性への興味を極端に失い、どんな美女も笠原の目には醜《しこめ》女に映ってしまう。性的不全にも陥り射精できない。それなのに性的欲求自体はあるから、何年も地獄の苦しみを味わうことになった。

そんな笠原に転機が訪れたのは二十一歳の頃。とある無人駅に、怪異が出るとの噂《うわさ》を聞いた。当時大学四年生だった笠原は、半日もかけてその駅へと向かった。

そこで笠原は、美しい男性と出会った。しかしその美しさは、あくまで笠原にとっての話だ。男性はゆうに百キロを超える巨漢で、肌荒れもヒドく、顔面にはできものがあった。あの吸血鬼との出会い以降、笠原が誰かを美しいと思ったのはそれが初めてだった。だから笠原はこの男性が、人間ではない存在——怪異だと直感した。

実際、この男性は広義の意味で怪異だった。自分へ向けられた憎悪が、醜さへと変化してしまうのだという。己の醜さに向けられた憎悪が、さらに己を醜くくさせてしまう。

彼がどのような経緯で怪異になってしまったのかはわからない。生まれつきか、あるいは誰かの呪いの仕業か。

『僕は誰にも愛されない。一生、憎まれるだけだ』

きっとこの男性は、嫌悪感を持たずに声を掛けてくれた笠原に、心を開いたのだろう。これまでの人生の苦悩を笠原へと打ち明けた。

この男性の気持ちが、私には痛いほどわかる。その後に待ち受ける悲劇の、その絶望の大きさも、容易に想像できた。

『どうして……なんで……』

笠原にナイフで喉を切られた男性は、死に至るまで、どうして自分が殺されるのか、わからなかっただろう。

『ごめんなさい……ごめんなさい……』

笠原は男性に謝罪の言葉を口にしながら、流れ出る血液を飲み続けた。

およそ十一年ぶりの怪異の血は、笠原の途方もない欲求を満たした。吸血鬼との交わりを思い出し、何度も何度も射精したという。

それから笠原は怪異の血を求め、血の奴隷となった。

怪異を探し出しては、己の欲を満たすためだけに血を飲み尽くす。だから笠原は吸血鬼であり、そして残忍な怪異殺し《エクソシスト》でもあった。

『あなたは、私が見てきた怪異の中でもとびきり美しい』

いつか笠原に言われた言葉に、私は強い悲しみを覚えた。

潮崎に幼い頃から怪異扱いされてきたものの、自分は人間なのではないかと密《ひそ》かに希望を抱いていた。人間と怪異を隔てる境界線が曖昧だからこそ、私はその希望を持ち続けていたのだ。

笠原の言葉は、そんな私の希望を打ち砕いた。だけど生まれて初めて愛される喜びに、体は震えた。

私と笠原はお互いを愛せる唯一の存在なのだと思う。だけど一緒にいて幸せになれるわけではない。なぜなら笠原は私の血を飲み尽くしたいと思っているからだ。今はその衝動を抑えているが、いつかは限界を迎えるだろう。

それがわかっていながらも、私はまだ笠原のことを断ち切れていない。

「後のことは私に任せてください。そろそろ送って行きますよ。お姉さまも心配しているでしょうから」

笠原がハンドルに手をかける。車が動き出す気配を見せた瞬間、図らずも私の口が開いた。

「……ちょっと待って」

笠原は何も言わず、ミラー越しに私を見やった。

「ええ、どうされました？」

「私もこのまま猫の誘拐犯を待ちたい」

言ってしまったあと、自分の愚かさに、未練がましさに呆《あき》れてため息をついた。

「猫誘拐犯が今日、この場所に現れるという確証はありません。朝まで待っても来ない可能性のほうが高いでしょう。ですから、お帰りになられたほうが良いと思いますが……」

「時間に関しては問題ない」

「しかしお姉さまがお待ちになられているのでは？」

「莉唯はもう寝てると思う」

莉唯は、『明日、探偵さんとのやり取りをたっぷり聞かせてね。ふふ』と嬉しそうに笑っていた。明日、と言っていたのは今にして思うと、莉唯は私が今日帰らないことを予期していたのだろう。

「煌香さんが望むのなら、もちろん私は拒みません。……ですが、間違っても仮面だけは外さないでくださいね。衝動を、抑えきれなくなりますから」

「そんなことわかってる」

「煌香さんとまだ一緒にいられるなんて、夢のようです」

笠原は私のほうを見ずに、窓の外に視線をやりながら言う。私が葛藤に苦しんでいるように、笠原もまた葛藤に苦しんでいる。今すぐ私の首を噛み千切りたい衝動を、人知れず、静かにいなしているのだ。

「最近、猫憑きの件で」と私も反対の窓の外を眺めながら言った。「鬼狐院を訪れた人は三人いる」

「差し支えなければ、その三人のことをお教えしてもらえませんか？」

私は視線の焦点を変えて、窓に反射する笠原に向かって知っている情報をすべて話した。

笠原はメモを取り出し、素早く内容を記した。

「仮に、猫誘拐犯がこの一連の猫憑きの件に噛んでいた場合、どうするおつもりなんですか？」

言われてみて気づいたが、その先のことを私はあまり考えていなかった。そもそも、猫誘拐犯を特定しようと提案したのは莉唯なわけだから、私には何の策もない。

「私にはよくわかりませんが、猫憑きの術主を放置しておくのは、煌香さんにとって都合が悪いのですね？」

「詳しくは言えないけど、そういうことね」

相手が呪いのプロだとしたら、私を何らかの方法で呪う可能性は十分にある。そうなれば私は母のように、祖母のように、曾祖母のように——宮奈家に生まれたすべての女性たちのように、凄惨な死を迎えることだろう。

「おや……。誰かが来たみたいですよ」

水銀灯が照らす光の中に人影が立っていた。見るからに怪しげで、この熱帯夜の最中にパーカのフードを被り、黒いリュックを背負っている。体つきからして男性で間違いないだろう。

「誘拐犯は車で現れる可能性が高いと思ったのですが、どうやら自転車か徒歩のようですね」

「どうして車だと思ったの？」

「捕まえた猫を、そのまま抱いていくのは大変でしょう？　激しく抵抗するでしょうし」

なるほど。確かにそうだ。

「これは私の予想ですけど、猫誘拐犯が猫につけるという『仮面』は、猫を大人しくさせる効力があるのではないでしょうか」

さすがに探偵だけあって、推理力というか、話の展開力には長《た》けているようだ。

「それで、これからどうアプローチをかけるの？　このまま、ここからヤツのことを監視するわけ？」

「いえ、そんな面倒なことをする必要もないでしょう。直接、コンタクトを取ります」

笠原は私に、ハイエースの最後列にある青い袋を取るように言った。私は体を捻《ひね》ってそれを摑み、運転席の笠原に手渡す。

「ちょっと着替えますよ」

笠原が袋の中から取り出したのは、綺麗に畳まれた警察の制服、それに警察帽だった。

笠原は素早くそれに着替えると、ダッシュボードから警棒を取り出した。

「行って参ります」

「……妙な真似はやめてね」

「ただ、彼の所在を突き止めるだけですよ」

笠原は車を降り、私に敬礼してから、闇夜に向かって歩き出した。身を屈《かが》めながら物陰から物陰へ移動し、猫誘拐犯にバレないよう近づいていく。やがて水銀灯の下でフードの男と笠原は対峙《たいじ》し、何かのやり取りが始まった。警察を偽って職務質問をしているに違いない。フードの男が何かを手渡したのが少ない動作からもわかった。免許証、もしくはそれに準ずるものだろうか。

それから笠原とフードの男は軽くやり取りをして、互いが反対方向に歩を進みはじめた。

ふたたび水銀灯の光が、暗闇を漫然と照らしはじめる。

◇　◇　◇

あれから五日が経った。

長期休みの莉唯はまだ私の家に滞在中だ。いつまでここにいるつもりなのか本人に確認しておきたいのだが、それをきっかけに莉唯が帰る日を決めてしまっては困る。だから私は極力その話題を避けて来た。

幸いなことにあれから猫憑きの除霊依頼はない。だから私も夏休みとやらを謳歌《おうか》していた。とはいっても、日がな一日ゴロゴロして、怠惰に過ごしているだけだが。

そんな引きこもりの私たちを差し置き、今日の酌霧坂では祭りが催されている。今朝から山車《だし》を曳《ひ》く掛け声や、締太鼓《しめだいこ》と鉦《かね》のチンドン節が辺りを闊歩《かっぽ》していた。

『なんだか楽しそうですねえ。ぐふふ』

引きこもりの私たちに反して、ラレコは朝早くに屋敷の外へ出て行った。別に勝手にどこへでも行けばいいと思うが、私や莉唯以外にもラレコを認知できる人というのはきっといる。どこかで事故的なお祓《はら》いをされて、突然帰って来なくなることだってあり得る。だから私は、あの幽霊のことを好きになれないのだと思う。きっとふとした拍子に消えてしまう存在だから。

「それにしても、今日は暑いね」

莉唯が箸を止めて言う。私と莉唯は昼どき、きんきんに冷やした素麺を啜っていた。

「風鈴でも買って来れば、少しは涼しくなるかもね」

「そんなのいらないよ」

と答えた矢先、麦茶を注いだグラスの氷がカランと転がる。あ、ちょっと今涼しかったかも。前言撤回。風鈴欲しい。

「私たち、もう五日くらい引きこもってるわけじゃない?」

まあ、私にとっては日常的なことだが。

「別にいいじゃん。今日もダラダラ莉唯と話してたい」

「私はお出かけがしたいな。酌霧坂に風鈴が買えるお店ってないのかな」

「引きこもりの私に訊かれても、わかんないよ」

「じゃ、ラレコちゃんに聞いてみようか」

「ラレコなら今日は朝から出かけてる」

「あたちならここにいまーすー!」

にゅっとラレコが天井から頭を出す。

「お外はすごい盛り上がりですよー‼　チンドンチンドン、チンドンドンドン♪」

相も変わらずに騒々しい。

「ねえラレコちゃん、ちょっと聞きたいことがあるんだけど」

「はいはい、あたちになんでも訊いてくらさいな♪」

「この辺で風鈴が買えるお店ってどこかにないかな？」

「はて。フーリンってなんですか？」

「丸い形をしてて……」

「ぷっちんするやつ？」

「それはプリンかな。まずは私の話をちゃんと聞いてね……ううん、パンにつけるのはマーガリン。風鈴っていうのはだいたいガラスでできてて……それも違う。イスラム教の聖典はコーラン。お願いだから一回黙って。こういう丸い形をしてて……ねえ、ちょっと黙ってって言ったでしょう？　今私が喋《しゃべ》ってるの。私をイライラさせないでラレコちゃん……だからそれも違う！　緑の野菜はピーマンでしょ‼」

莉唯が怒っている。しかも幽霊相手に。

「ちょっとあたちにはわかりませんねえ」

人の名前と肝心なことは何も覚えられないくせに、余計な知識ばかり増やす妙な幽霊だ。

「こういう丸いガラスに金魚とかの絵が書いてあって……」

「チンギョ？　チンギョってなんですか？」

莉唯はほんの一瞬だけ鬼のような形相を見せたあと、いつもの優しげな笑みを浮かべた。

「もういいよ。ラレコちゃん、ありがとう」

「どういたしまちて♪」

上機嫌にチンドンの歌をうたいながら、ラレコはまたどこかに消えていった。

「ラレコと話すとすごい疲れるでしょう？」

「うん」莉唯は苦笑いを浮かべた。「ちょっと、イライラしちゃった」

二人して笑って、座布団を枕にして横になった。ほらほら、こうやってダラダラするのが一番なのだ。

「そういえば、私立探偵の人から連絡あった？」

「ううん、まだなにも」

五日前、笠原が警官に扮して猫誘拐犯に職務質問をし、名前と所在地が明らかになった。ここから歩いて十五分もかからない袴下町《はかましたちょう》に住む相澤時生《あいざわときお》。それが猫誘拐犯だ。ちなみに、最初の被害者である銘苅光代の自宅も袴下町にあるのだが、もちろん偶然ではないだろう。すぐにも相澤時生と銘苅光代の関係はわかりそうなものの、未だ笠原からは何の音沙汰もない。プロだというのにどういうことなのだ。

「あいつ、なにもたもたしてんだろ」

「まあまあ煌香ちゃん、まだあれから五日しか経ってないんだしさ」

「それはそうだけど、早くしないと莉唯が帰っちゃうし……」

「大丈夫。煌香ちゃんの悩み事が全部解決するまで、私は鬼狐院にいるつもりだから」

「ほんと⁉　でも……莉唯、仕事は？」

「言ったでしょ、長期休みを取ったって」

「私は霊能者のことよくわかんないけど、そろそろお盆だから書き入れ時じゃないの？」

「だから、大丈夫だって。私のことは心配しないでいいの」

だったらいっそ、莉唯もこの屋敷に住むというのはどうだろう。莉唯だっていつまでも潮崎の家に居候するわけにもいかないはず。私が莉唯の目になってあげることは、私にとって何の苦にもならない。

「莉唯さえ良ければずっとここに居てよ。この屋敷を一人で使うにはあまりにも広すぎるし」

私はそれなりに勇気を出して言ったのだが、莉唯は曖昧に微笑むだけだった。

「ねえ、やっぱり私は風鈴が必要だと思うの。だから風鈴、買いに行こうよ」

「無理だってば」

仮面女と盲目女が簡単に出歩けるほど、世の中は優しくないのだ。

「普段は無理かもしれないけど、今日だけは問題ないよ」

「今日だけ？」

チンドンチンドン、奇妙な歌声が、どこからともなく聞こえてきた。

◇　◇　◇

私と莉唯は浴衣に着替えたあと、夕方の五時過ぎに鬼狐院を出た。袖摺町から雅識《がしき》通りを下れば、祭りが催されている酌霧坂通りにぶつかる。雅識通りにも浴衣を着た人が散見された。

私は紺生地に白いひまわりが描かれた着物を選んだ。帯は薄紫にしたので、地味過ぎることも無いだろう。祭りの雰囲気に合うように、仮面は至って普通の稲荷にした。

対して莉唯は、桜と撫子《なでしこ》の花びらが舞うように鏤《ちりば》められた浴衣に、橙《だいだい》の帯を合わせた。良い意味で肉付きの良い莉唯は着物がよく似合う。色っぽくて、女性の魅力に溢れていた。それでいて目を閉ざして私にしがみつくように歩いているものだから、どこか庇護《ひご》欲《よく》を喚起させる。おかげで仮面女のほうには誰も見向きをしない。

「すれ違う人、みんな莉唯を見てる」

「きっとこの着物のおかげだよ」

莉唯に貸したそれも、私が着ているのもすべて母のものだ。私が仮面蒐集家ならば、母は着物蒐集家だったと言える。それくらい屋敷には母の着物が残っていた。

歩行者天国となっていた酩霧坂通りにはものすごく巨大な人の波ができていた。道沿いには出店が並んでいて、とても風鈴を探せるような状況ではない。

人々が放つ静かな熱気と、まとわりつくような生暖かな空気のせいで、なんだか気だるい。泥を汲《く》み上げるような発電機の音は、どぶどぶと腹の底に響いてなんとも不快だ。でも、橙と青が混ざり合う空に、出店の安っぽい明かりと、坂の下まで続く提灯《ちょうちん》の明かりは妙に映えていた。音や熱気、それに人さえいなければ、ずっと眺めていたいと思える光景だった。なぜか胸に迫ってくるその景色を、私は若干の罪悪感とともに、仮面の小さな穴から覗いていた。

この景色は莉唯には見えない。莉唯が感じられるのは、人の熱気と生暖かな空気と、不快な発電機の音だけだ。そう思うと、なんとも申し訳ない気持ちになってくる。

「いろんな出店が出てるみたいだね。せっかく出て来たんだし、見てまわったら？」

「ううん、別にいいよ」

仮面をつけたままでは綿飴もりんご飴も食べられないし、水ヨーヨーなんて三秒で飽きる。動物嫌いの私は金魚を取っても、きっと数日の内に腐らせるだろう。だからもう帰っても良かった。

「お面屋さんもあるかもね」

「そんなの興味ないよ。それよりも行きたいところがあるんだ」

「あら、そう？」

「ここからそう遠くないから」

酉霧坂から小道に入り、しばらく石畳が敷き詰められた道を進むと袴下町に出る。私は数日前に笠原が送ってきたメッセージを開き、相澤時生の自宅の住所を確認した。

「煌香ちゃん、いったいどこに向かってるの？　なんだかお祭りから離れてるみたいだけど」

「まだ秘密」

袴下町は複雑に小道が入り組んでいるような町ではなく、一本道に家屋が綺麗に並んでいる町だ。アパートやマンションなどはほとんど見られず、新しい一軒家と古い一軒家が混在して軒を連ねている。

――これだ。

『相澤』、と表札が出ている家があった。やや老朽化が進んでいる家は、家屋を囲むブロック塀がところどころ黒ずみ、塀と家屋の間は雑草が茂っていた。築三十年という具合か。おそらく相澤時生の両親が建てたものだろう。

つまり、相澤時生は昔からこの地に住んでいるということになる。莉唯は術主を、『最近引っ越してきたばかりの人物』と予想したが、それはどうやら外れたようだ。

「ん？」

あれは誰だろう？　小さな人影が、相澤宅の敷地に入っていくのが見えた。その人影は玄関を通らずに、家屋を迂回して裏手に消えていった。

もしかして相澤時生の子供だろうか？　相澤時生は既婚者だったのか。

「ねえ」私が立ち止まっていたからだろう、莉唯が口を開いた。「目的の場所にはついたの？」

「うん……」

「それで、いったいここはどこ？」

「……相澤時生の家」

「やっぱりね。途中から、そうなんじゃないかって思ったんだよ」

「……ごめん」

莉唯の声が尖っていたので、反射的に私は謝った。

「どうしてこんなところに来たの？　相澤時生さんのことは、探偵さんに任せてるでしょう？」

「そうだけど……」

「相手は呪いを操れるんだよ？　もしも煌香ちゃんが呪いをかけられたらどうなる？　ど

うなるか本当にわかってる？」

「そんなこと私が一番わかってる」

「じゃあどうしてこんなことをしたの？」

「……ごめんなさい」

と私は素直に謝った。

莉唯に責められたくない私は、

「さっき子どもがいたよ。たぶん、相澤の子供だと思う」

すぐに新しい話題を莉唯に振った。

「子供？　相澤さんは既婚者だったってことかな？」

「たぶん」

相澤宅は十字路の角に位置していたので、正面だけでなく横からの外観も確かめられる。私は相澤宅を横から眺めてみた。正面からはわからなかったが、相澤宅の裏手には小さな庭がある。雑草が生い茂る、雑然とした庭だ。物干し竿《ざお》が置かれているが、長らく使われていないのか大きく傾いていた。

その物干し竿の傍らで、髪の長い女の子がしゃがみこんで地面を眺めていた。少女はピンク色のリュックサックを背負っていて、それが荒涼とした景色の中にぽっかりと浮かんで見えた。

「……やっぱり、庭に女の子がいる」

「……ちょっと声かけてみようか」

猫誘拐犯の家に少女がいることは、莉唯を何かしら不安にさせたのだろう。莉唯はその少女がいるほうへ、「こんにちは」と声をかけた。

少女のリュックが揺れて、キーホルダーと思われる鈴の音がシャランと鳴る。振り返った少女は小学校低学年という年頃だろうか。整った顔立ちの、美しい少女だ。色が白く、髪の色素が薄い。もしかしたら、異国の血が流れているのかもしれなかった。

「こんにちはじゃなくて、もうこんばんはだし」

そしてどうやら生意気であるらしかった。

「うふふ、そうだね」と莉唯が答える。「こんばんは。お名前聞いてもいいかな？」

「ナナリーだけど」

「ナナリーちゃん？」

「そう」

「ナナリーちゃんはこの家の子なのかな？」

「うん、まあ、一応。今はここに住んでる」

本来は別の場所に自宅があるが、何らかの理由で一時的に住んでいる、という意味だろうか。

「どうしてそんなこと訊くの？」

「私たち、この辺りに住んでるんだけど、あまり見かけない女の子だと思って」

「うん、だって私、ここに住むようになったの四年生になってからだもん。まだ三ヶ月くらいしか住んでない」

少女は答えたあと、急に私を指さした。

「ねぇ、どうして仮面をつけてるの？」

「だって今日はお祭りじゃない」と私の代わりに莉唯が答えた。

「お祭りだから仮面をつけるの？」

「そうだよ」

「ふーん？」

少女は納得していない様子で、私のことをじろじろと眺めてきた。

「なに？　私のことがそんなに気になるの？」

「……もしかしてお姉ちゃん、病気してる？」

「病気？　なんで？」

「なんとなく」

「なんとなくって何よ」

「ねぇ、ちょっと仮面、取ってみて」

「悪いけど無理なの。化粧をしてないから」

「あはは。私のママも同じこと言うよ。誰か家に来たとき、『化粧してないからアンタが出て』って」

私の咄嗟《とっさ》の言い訳に、少女は納得してくれたみたいだった。

「ねえ、どうしてあなたはこの家に住んでいるのに、中に入らないの？　もしかして鍵がないの？」

「ううん、そうじゃないんだけど……」少女は若干、表情を曇らせた。「一人でいるのはちょっとこの家怖いんだよね」

まだ住み慣れていない家に、一人で留守番するのが怖い――と解釈するのが普通だが、ここは猫誘拐犯の自宅だ。別の理由があるのだろう。

「ねえねえ、どうしてそっちのお姉ちゃんはずっと目をつむってるの？」と今度は莉唯を指差した。

「私は生まれつき目が見えないの」

「えー!?　可哀想!!」

少女はこちらに走って来て、小さな手を差し出した。

「これあげる。四つ葉のクローバー。今見つけたばかりなんだ」

少女が莉唯に幸せを呼ぶという小さな葉を差し出した。

「せっかく見つけたのに、私がもらってもいいの？」

「うん、いいよ。また見つけるから」

「じゃあ今度はお姉ちゃんと一緒に探そうか」

「うん、いいねそれ」少女はあどけない笑みをぱっと咲かせる。「じゃあこっちに来て」

莉唯にはどうやったって四葉のクローバーを見つけることはできないが、ナナリーという少女はそんなことを気にしている風はなかった。ただ自分の遊び相手になってくれることが嬉しいのだろう。

それにしても、近くで見れば見るほど少女の顔立ちには魅せられる。いったい、相澤時生とはどういう関係なのだろう。ナナリー本人に直接訊いてみたいが、それに端を発して相澤時生に私の存在が知られては困る。通りすがりの私たちが、相澤時生を知っているのはおかしいのだから。

「さっきはここら辺で見つけたんだよ」

とナナリーが莉唯の手を引いて、雑草が茂る庭に腰を屈めた——その瞬間、私はとある悪事を思いついてしまった。理性が働く暇もなく、抗《あらが》いようのない衝動とともに、私の手が少女のリュックへと伸びる。

私はリュックについているキーホルダーを素早く外した。そのとき一瞬、少女の体からタバコのにおいをふわりと感じた。家の中で相澤時生が喫《す》っているのだろうか。

「ごめん、私ちょっとこの辺を散歩してくる」と私は莉唯の肩を叩いた。

「え？」

私の唐突な行動に、莉唯は事情を説明して欲しそうに眉根を寄せた。私はそれを無視して、今度は少女に声をかけた。

「ちょっとこのお姉さん、十分くらいここにいても大丈夫？」

「うん、全然平気」

「じゃあ、お願いね」

「ちょっと待って煌香ちゃん、いったい何をしようというの？」

その声には怒気が絡んでいたが、私の衝動を抑えつけるほどの抗力はなかった。

私はすぐに相澤宅の玄関に向かった。先ほど少女のリュックから外したもの——キーホルダーのついた鍵を取り出し、鍵穴に差し込んでみる。ぴったりと合致し、思わず微笑んだ。逸《はや》る気持ちを抑えつつ鍵を回すと、心地良い音がカチリと心臓にまで響いた。音をなるべく立てないようにしつつ、家の中に体を滑りこまる。途端に、猫の糞尿《ふんにょう》を思わせるにおいが微かに鼻腔を突いた。家の中は暗いが、暗闇でこそ私の目は真価を発揮する。板張りの長い廊下と階段が見えた。においはいったい、どちらから流れて来ているのだろう。

私は直感を信じて階段に足をかけた。ぎー、ぎー、といちいち音を立てる階段を上りきると、左右に一つずつ部屋があった。どちらも引き戸だ。まずは右の部屋の戸に手をかけてみる。立て付けが悪く、ごつ、ごつと骨に響く音がするものの、鍵はかかっていなかった。

「…………」

ここは相澤時生の部屋なのだろう。畳まれた布団、本棚、パソコンが置かれたテーブル、そしてその脇には3Dプリンターらしきものが見える。猫の姿はどこにもなく、私は早々とこの部屋に見切りをつけた。

戸を閉めてから、もう一つの部屋の戸に手をかけた。ぐっと力を込めてみるが、こちらも立て付けが悪いようで動きが鈍い。今度は両手で力をかけたとき、どうもおかしいことに気づいた。戸の縁をなぞるように観察してみると、上部で何かが鈍く光ったのが見えた。小憎たらしい黄土色のそれは南京錠《なんきんじょう》か。刹那、目の前の戸を蹴り倒したくなった。壁につけられた金具と、ドアにつけられた金具とが南京錠によって固定されていた。

いつ相澤時生本人が帰ってくるかわからないから、長居はすべきではない。部屋に入れないのなら、大人しく帰るべきだ。しかしながら、不思議なほどに私の足は頑として動かなかった。

誘拐された猫を、私は一目見たいと思っているのだろうか。それとも、相澤時生に関する情報を、少しでも持ち帰りたいと思っているのだろうか。自分のことなのに、私はわからなかった。

「……ん？」

ふと気づく。この戸は引き戸なのだから、枠ごと外してしまえば中に入れるのではないか、と。幸い私は体が小さいから、外したドアの隙間から体を滑りこませることは造作ないだろう。

そうとわかればすぐに取りかかる。私は髪に挿してあった金属製の簪《かんざし》を手に取った。それを戸と壁の間に差し込み、テコの原理を利用して戸を外しにかかる。ボコン、という音とともに大きな隙間が生まれ、その隙間に手を突っ込んでこちら側に引っ張った。ガタン、と大きな音を立てて戸が外れ、私は体を滑りこませた。

部屋は真っ暗闇だった。私の特殊な目でも何も見えないほどの、髪の毛一本ぶんの光の筋すら存在しない、真の闇に支配された部屋だった。だがそこには『におい』があった。

私は袂からスマホを取り出し、ライトを起動させた――。

「きゃっ!!」

突然四方八方から光を浴びせられて、思わず身を屈める――なんだこれは。鏡だろうか？　この部屋を覆うように、鏡が壁と天井に敷き詰めてある。合わせ鏡の連鎖で、そこら中にスマホを構える私の姿があった。

そんな奇妙な部屋の中央に、小さなカゴが置いてあった。カゴの中には伏した猫がいた。すでに絶命しているのか微動だにしない。猫の他には、鰹節の塊が置かれている。

「仮面だ」

横たわる猫には、仮面が被されていた。

猫誘拐犯が、猫に仮面をつけるという話を聞いたとき、猫を大人しくさせため、あるいは猫の霊を使役するための儀式的な作法なのだろうと予想していたが、こうして目の当たりにすると別の理由が窺える。

この仮面は、猫を拷問するためのものに思えた。

猫が被る仮面は、目と鼻の部分が繰り抜かれていた。だから猫は嫌でも、目の前の鰹節を認識する。ところが仮面の口の部分は塞がっているから、猫は空腹を満たせない。その苦しみを、猫は延々と味わうことになってしまう。

この暑い真夏に、ここで何日も放置され、きっと飢えと渇きにもがき苦しみながら死んでいったのだろう。

ヒドいことをする——と一瞬猫に同情しかけた私は、しかしすぐに首を振った。私が同情という念を発生させると、猫が放つ怨念とぶつかってしまう可能性がある。そうなると私が憑かれてしまいかねない。

世の中、良い人ほど損をするというのは、呪術の世界においては真理だ。路上で死んでいた猫を気の毒に思い、埋葬してあげた心優しい人が、猫憑きになってしまう話は珍しくない。

逆に、他人の痛みや死に対して何の感慨も抱かない薄情な人間ほど、憑き物や呪いとは無縁の生活を送られる。憎まれっこ世に憚《はばか》るという言葉もまた真理だ。

私は小さくため息をついてから、改めて鏡に囲まれた部屋を見回した。

古来より、鏡は神事や呪術に多く利用されてきた。それは鏡が、光だけでなく念をも反射することに関係している。この部屋の鏡は、猫が放つ怨念を逃がさないようにするためのものだろう。

鏡に囲まれた部屋で生活をすると、人は呆《あっ》気《け》なく自我を崩壊させる。それは本来外へ発散させなければいけない様々な念が、体の中に滞留してしまうからだ。

猫がこの部屋で怨念を増幅させたら、相澤時生は呪いたい相手のにおいがするもの——衣類などを猫に嗅がせるのだろう。そうすると猫は怨念をその人物へと飛ばす。

それがこの呪いの全貌だ。

下手をすると猫の怨念が私に向きかねない。私は懐から退魔の御利益がある手鏡を取り出し、それを胸の前でかざしつつ仮面の猫から距離を取った——その直後、幕を下ろしたように部屋が暗転した。スマホのライトが消えた。そしてスマホが震えはじめる。

「もしもし」

『笠原です。お待たせして申し訳ありません。すべて情報が出揃いました』

「ああ、笠原か……」

『やはり、相澤時生は使役の術主で間違いないと思います』

「あら、そう」

そんなことはわかり切っているので無感動な対応すると、笠原は私が怒っていると思ったらしく、本当に遅くなってしまって申し訳ありません、と繰り返した。

『被害者三人と、相澤時生の関係がすべて摑めました』

心なしか笠原は早口だった。

『まず結果から申し上げますが、この一連の事件の中心には、一人の少女の存在がありました。少女の名前は雫石菜々里《ななり》。彼女は三人目の被害者である雫石有沙の娘です』

——え⁉

雫石菜々里って、ナナリーのこと？

『実は菜々里ちゃん、現在は相澤時生の家で生活しています』

私は与えられた情報を、一度頭の中で整理した。

「……えーっと、つまり相澤時生と雫石有沙は元々夫婦で、菜々里の親権は雫石有紗にあるけど、今は一時的に父親である相澤時生と暮らしているってこと？」

『いえ、違います。雫石有沙と相澤時生は、姉弟です』

「え、どういうこと？　どうして雫石有紗は、菜々里のことを弟のところに預けてるの？」

『雫石有沙には恋人がいるのですが、その相手というのが所帯持ちだったんです。二人が会うのはほとんどが雫石有沙の家だったらしいので、まだ小学生の菜々里が邪魔だったみたいです』

「それだけの理由で娘のことを、弟に預けてるの？」

『はい。相澤時生は妹である雫石有紗を、最低な母親だと思ったのでしょう。ですから、猫の使役は相澤時生なりの歪《ゆが》んだ正義だったのかもしれません』

私利私欲を満たすためだけに、娘を自分に預けたことへの制裁、か。

「ねえ、もしかして一人目の被害者である大橋智則って……」

『ええ、そういうことです』

雫石有沙の恋人だ。

「私はてっきり、相澤時生は何も考えずに呪いをかけていたのだと思っていたのだけど、曲がりなりにも理由があったのね。ということは、銘苅光代に呪いをかけたのも何か理由が？」

『はい。銘苅光代は相澤時生と同じ町に住んでいるのですが、彼女はたびたび、平日の昼間に近所をふらふらと歩いている菜々里ちゃんを捕まえて、説教していたみたいです。学校へ行きなさいと』

「え？　ってことは、菜々里は不登校なの？」

『どうも学校でイジメに遭っているらしいのです。そのうえ母親には邪魔者扱いされてますから、精神的にも相当辛かったことでしょう。相澤時生はそんな菜々里ちゃんを守ろうとして──』

「ねえ」と私は笠原の声を遮った。「実は私、相澤時生の家にいるの」

『……えーっと、どういうことでしょうか？』

突然部屋が明るくなり、背後から男の声が聞こえた。

「笠原は、私が助けて欲しいって言ったら、何秒で来てくれる？」

私はスマホを耳から離して、振り返った。

「こんにちは」と言ってから、言い直した。「こんばんは」

「……ここで何をしている」

紺の作業ズボンに、グレーのTシャツを着た男。肉体労働者なのだろう、肌は赤黒く日に焼けている。頬骨が出ていて、目が細い男の顔は、私にトカゲを連想させた。

「行方不明になっていたウチの猫を捜していて」咄嗟に私は出鱈目《でたらめ》を吐いた。「こんなところでお世話になっていたのね」

私は横たわる猫をカゴの中から取り出した。それでようやく気づいたが、この猫はラレコのお友だちの猫だった。そしてまだ温かく、柔らかかった。

「素敵な仮面までつけてもらったみたいで、お礼を言うわ。ありがとう」

私は猫を抱き、その顔を覆う仮面を外してみた。猫は強烈な寄り目になっていて、黒目がほんのわずかしか見えていなかった。

「ところで、あなたはいったい何者なの？　あなたはどう見ても呪術とは縁がなさそうに見える。家を見る限り、先祖代々呪いを家業にしてきたとも思えない。そんなあなたが、いったいどうして猫の怨念を使役できたの？」

男は答える気がないのか、私の顔をじっと見つめている。だが口元が微かに動き、呻くように言った。

「聞いた」

「なにを」

「呪いのやり方を」

「へえ。黒幕がいるってわけね。で、それは誰なの？」

「……あんたがどこの誰だか知らないが、それ以上詮索しないほうがいい。呪い殺されるぞ」

「ご忠告ありがとう。なら、私もあなたに一つ忠告してあげる。呪いっていうのはね、大きなリスクを伴うものなのよ。人を呪わば穴二つ——聞いたことあるでしょう？」

私は己の仮面に手をかけ、そしてそれを剝ぎ取った。

相澤時生が私の素顔を見た途端、顔を歪める。

その相澤時生の背後には、鏡に映る私の姿があった。

恐ろしく大きな両目は、瞳孔が縦に開いている。まるで猫のように。私の目は生まれながらにして獣のそれ。網膜の裏には、人間には本来存在しない輝板《きばん》が存在し、だから暗闇の中で私の目は光る。

「これは呪いの代償。このままあなたが呪術を使い続けたら、いずれ呪いの代償を支払うことになる。それがイヤなら、もう呪いには手を出さないことね」

私は猫を抱えたまま、堂々と相澤時生の横を通り抜けた。

「それじゃあ、ごきげんよう」

◇　◇　◇

私が相澤時生の自宅から外へ出るのと同時、乗用車が目の前に停まった。先日のハイエースではなくプリウスだった。運転手はドアも閉めず私に駆け寄ってくる。

「ご無事でなによりです」

安堵《あんど》の表情を浮かべた笠原は、しかし困惑したように額を曇らせた。

「猫を……助けたのですか？」

「まあ、成り行きでね」

私は常日頃から慈悲や慈愛や同情といった感情を、己の心から切り離して生きている。

そんな私が猫を助けたことがよほど意外だったのだろう。笠原は訝しんでいた。

「……とにかく、ご無事で良かったです。家まで送って行きますよ」

「ありがと。じゃあ、はいこれ」

私は笠原の胸に猫を押し込んだ。

「私以外にも乗せて欲しい人がいるんだけど……笠原の車は何人まで乗れる？」

「一応五人までなら。もちろん、猫は含みません」

「そう。じゃああんたは先に車で待ってて」

私はそう言い残して、莉唯と菜々里のいる庭へと戻った。

藍色の空の下に、莉唯の影が浮かんでいる。珍しく両目を開き、じっと耳を澄ませるように遠くを向いていた。莉唯の眼球には、瞳がない。その眼球が水銀灯に濡《ぬ》らされ、いつもにも増して白く、そして濁っていた。莉唯に折り重なる小さな影は菜々里で、すっかり懐いて膝を枕にしているようだった。

「あ、仮面の人」

菜々里が起き上がって私を指さす。莉唯に作ってもらったのか、頭には花の冠を被っていた。

私は莉唯に言う。帰ろう、と。

莉唯の瞳がゆっくりと私に向けられる。無機質な瞳は、私を静かに糾弾していた。私が勝手なことをしたのが気に食わないのだろう。莉唯は冷たく私から視線を外すと、菜々里の頭を撫《な》でた。

「じゃあ、お姉ちゃんはそろそろ帰るね」

「……うん。別に、また遊びに来てもいいんだからね」

菜々里は莉唯の左腕を取って、こっちだよ、ここは段差があるから気をつけてね、と莉唯をしっかりとエスコートする。私はそんな菜々里に、幼い頃の自分を見た。

人は誰かの役に立っているとき、自身の存在を肯定された気持ちになる。自分なんて生まれて来なければよかったと、幼い頃に毎日思っていた私は、莉唯と出会って初めて生きる意味を知った気がする。

莉唯の光となってあげることは、逆に、私にとっては唯一の光だった。

もしかしたら菜々里も、あのときの私と同じ感慨を抱いているのかもしれない。

「じゃーねー！」

元気よく手を振る菜々里を見ていると、心が苦しくてたまらなかった。あの子は実の母親に邪険にされているうえに、学校ではイジメに遭っている。そのうえ預けられた家では、叔父が猫を虐待しているのだ。私ほどじゃないにしろ、置かれている状況はあまりにも過酷。

荒涼とした庭で、四つ葉のクローバーを探す少女の切実さを私は知っている。明日はきっと良いことがあると、そんな祈るような思いで探す。

私も昔、潮崎の家の庭で同じことをした。

「あんたはどうするの？」

私が言うと、菜々里が困惑したように首を傾《かし》げた。

「え？　どうするって、どういう意味？」

「あんただって知ってるんでしょう、あんたのおじさんが何をしていたか」

「知らない‼」と菜々里は途端に顔を歪めて叫んだ。「私は何も知らない‼」

「知らないはずないじゃない」

「知らないったら知らない……‼」

菜々里は必死に首を振る。ここを追い出されたら、もう居場所がなくなってしまうのを、菜々里はわかっているのだ。潮崎に逆らえなかった私と同じだ。

「私は時生おじさんに何の文句もない！」

「こんな場所にいるのはあなたのためにならないわ」

「そんなことないもん！」

「あんたの母親に私が話をつけてあげる」

「ママは色々と忙しいからいいの！　私は大人しく時生おじさんのところにいなきゃいけない！」

菜々里にこんなセリフを吐かせた雫石有沙が、平然と、のうのうと生きていることに無性に腹が立ってきた。

「あんた、母親のこと恨んでないの？」

「……うん」

「本当に？」

「だって、私がわがまま言うから、ママは私のことを嫌いになったんだもん」

「だから母親は悪くないって？」

「うん」

「バカげてる」

私は菜々里の腕を摑んだ。

「来なさい。どうせ学校行ってないんでしょ？」

「え、え……」

困惑する少女を連れて車に戻ると、笠原もまた困惑した笑みを浮かべていた。

「猫だけではなく、この少女のことも助けるのですか？」

「そう。私らしくないでしょう？」

「ええ。明日は雪が降るのではないでしょうか」

「ついでに桜も咲くわね」

　三毛猫と、そして菜々里と莉唯が後部座席に座る。菜々里は死にかけの猫が不憫《ふびん》に思えたのだろう。めそめそと泣きながら、猫を膝の上に乗せた。その隣には莉唯が座っているのだが、奇妙なほどに口を閉ざしている。菜々里にも猫にも視線を向けずに、白い眼球を忙《せわ》しなく動かしていた。そんな莉唯の振る舞いを今まで見たことがなかったから、その行動にどんな意味があるのかもわからない。だがなんとなく、それは莉唯の怒りの感情を、強く表しているように思えた。

　私が勝手に物事を進めていくのが、気に食わないのだろうか。

とても声をかけられず、とりあえず助手席に乗り込もうと思ったのだが、

「待て」

　背後から相澤時生の声がした。振り返ると、相澤時生が裸足のまま路上に出て、細い目で私を睨《ね》めつけていた。

「……わかってないのは、お前のほうじゃないのか？」

「どういう意味？」

　私が訊ねると、相澤時生は後部座席に目を逸らした。

「菜々里のことは私が預かる。雫石有紗には、この件は言わないでおいて」

「有紗のことも知ってるのか」

「すべてお見通しよ。それと、猫の霊を使役することもやめなさい。もしも私の言葉を無

視したら、あなたにヒドい呪いにかけてやるから」

「……俺じゃなく、呪いをかけるべきは有紗だろう」

「そうね。でもあなたがリスクを負ってまで雫石有紗に呪いをかける必要はない。こちらで対処する」

と私が言うと、相澤時生は小さく頷いた。

私は助手席に乗り込み、ドアを閉めた。シートベルトをかける前に車は発進し、サイドミラーに映る相澤時生の姿はすぐに消え失せた。

◇　◇　◇

「こーこちゃんかわいい浴衣着てますねえ。あ、さてはお祭りに行ってきたんですね……って誰だこのガキ！」

ラレコは私の背中に隠れながら、

「むむむ!?　それにしてもすごい美人な子です！　若いときのあたちみたいですよ。なんつって。ケラケラ」

とペラペラと一人喋るが、やはり菜々里にラレコの姿は見えないのだろう、きょろきょろと屋敷を見回している。

「すごー……。仮面のお姉ちゃん、こんな大きな屋敷に住んでるんだ」

「まあね。ほとんどの部屋は使ってないけど」

「探検してもいい？」

「ダメ」

間違って鬼狐の間に入ってしまっては大変なことになる。

「じゃあかくれんぼしようよ」

「人の話聞いてた？」

私は呆れて返すが、暇を持て余すことに定評のあるラレコは乗り気だった。

「やりましょやりましょ！　かくれんぼって、鬼が来るときのドキドキ感がたまらないんれすよねー！」

じゃああたちから隠れますよ～！　と言い残して、ラレコは風のように去っていった。

そんな幽霊は放置して、私は菜々里を居間に連れていき、適当に座布団に座らせた。

「あんた腹減ってない？」

「うーん、ちょっと空いたかも」

「カレーでいい？」

「いいけど……」なにかが気になるのか、菜々里は空返事をする。「ちょっと聞いてもいい？」

「なに？　どうかした？」

「ほかには誰もいないの？」

「ここに住んでるのは私だけ。お母さんとお父さんは、私が幼いころに死んでしまったから」

「え……」

子どもながらにマズいことを訊いたと思ったのか、菜々里はすぐに話題を変えた。

「そういえば、もう家の中だし仮面取ったら？」

「ううん、このままでいる」

「なんで？」

祭りだから、という言い訳も、化粧をしてないという言い訳も、もう通用しないだろう。

「実はね、顔にヒドい傷があるの」

と私は嘘をついた。

「え……」

またマズいことを訊いたと思ったのか、菜々里は目を伏せた。横顔は菜々里の鼻筋の流麗さを際立たせる。ふいに見せた少女の悲哀は、寒気がするほど美しかった。

「目の見えないお姉ちゃんも、仮面のお姉ちゃんもいろいろ大変なんだね。私なんか、悪いところなんてどこもないのに」

「別にあんたが負い目を感じる必要なんてないわよ」

「負い目って？」

「申し訳なく思うことよ」私は冷凍してあったカレーをタッパーに移してレンジに入れた。

「それに、あんただって色々と大変なんでしょう？　母親のこととか」

「どうして私のことを色々知ってるの？」

「それが仕事だからよ」

「ふーん？」

納得はしていないだろうが、菜々里はそれ以上詮索しなかった。どうせ訊いても、私にはぐらかされるのが目に見えていたからなのかもしれない。

「はい。アンタの餌」

温まったカレーを器に盛りつけ、食パンを一枚添えてやった。

菜々里はお腹が空いていたのか、子供らしい屈託のない笑顔でスプーンを手に取った。

「うわ、すごく美味しい！」

「でしょ？」

と私は少し得意げだ。

「けど、ちょっと辛《から》い」

菜々里は苦笑いして、舌をぺろっと出した。

「それが良いのよ」

「それもそうだね」

菜々里は額に汗をかきながらカレーを口に運ぶ。そんな姿は、私に『無垢《むく》』という言葉を思い出させた。

「そういえばさー、私、仮面のお姉ちゃんのことなんて呼んだらいい？」

「仮面のお姉ちゃんでいいじゃない」

「ええ〜。なんか長くてやだよ。名前で呼んでいい？　煌香っていうんでしょ？」

――呼び捨てか？

「煌香も私のこと、菜々里って呼んでよ」

「はいはい」

生意気だが、憎たらしいとは不思議と思わなかった。

「菜々里って最初に名前聞いたとき、ハーフかと思った」

「それみんなに言われるんだよね。ガイジン、ガイジン、って」

もしかしたら、それが菜々里がイジメに遭った原因なのではないだろうか。

「でも、菜々里って名前はそんなに珍しくないよ？　漢字は違うけど、私のクラスにはもう一人ナナリがいるもん。その子はナナちゃんって呼ばれてるから、間違うことはないけど」

私は学校に行かなかったので、自分と同じ名前の人がいるという感覚がわからない。まあ、行っていたとしても煌香なんて名前はそうそういないと思うが。

「それにしても、あの猫ちゃん心配だね」

「そうね。本当に」

と答えた私だが、本当に憂慮しているのは猫ではなく、猫を病院に連れていった莉唯のことだ。

『この猫ちゃんのこと、笠原さんと病院に連れていくよ。煌香ちゃんは菜々里ちゃんをお願い』

そう言い出したのは莉唯だった。

猫のことは、笠原一人に任せればいいのに、なぜ莉唯が同行する必要があるのかと問うと、

『あ、もしかして煌香ちゃん、変な心配してる？』

と莉唯はねっとりとした笑みを浮かべた。それまでは一度も、女としての魅力を鼻にかけたことの無かった莉唯が、まるで私を見下しているみたいですごくイヤな感じがした。

『妹の男を誘惑するようなことはしないよ』

言われた瞬間、空気が堅くなって、喉に詰まったような感じがした。

私が言葉を発せずにいると、莉唯は真っ赤な歯茎が見えるくらいに、大きく口を歪ませ

て笑みを浮かべた。まるで私がショックを受けているのを、心から楽しんでいるかのように。

『笠原さんって今どき珍しく紳士な人で、素敵だと思うよ。煌香ちゃんが惚《ほ》れるのも無理ないよね。でも、私がもしも言い寄られてもちゃんと断るから』

『……はぁ？』

思わず、私は怒鳴りそうになった。きっと莉唯は冗談で言ったつもりだろうが、私に笑う余裕なんてなかった。

どうして急に刺々《とげとげ》しくなったの？　私が勝手なことをしたのがそんなに気に食わない？

突然莉唯が不透明な存在になったような気がして、妙な疑いを抱いてしまう。

莉唯は本当に、夏休みなのだろうか。

莉唯はいったい――。

何をしにここへ来たのだろう？

◇　◇　◇

ご飯を食べたあと、私と菜々里は莉唯が帰ってくるのをテレビを観ながら待っていた。

菜々里は座布団を抱えて腹這《はらば》いになり、細い脚をパタパタと動かしている。突然連れて来られた屋敷の中で、仮面の女と二人きりだというのに、緊張した様子は全くない。それが子供特有の適応能力の高さなのか、菜々里の人間性なのかはわからなかった。

「菜々里の母親に電話かけたんだけど繋がらなかった」

「お仕事だと思う」

と菜々里はテレビから目を離さずに答える。

「菜々里は母親のところに帰りたくないの？」

「別に」そっけなく、菜々里は言う。

「どうして？」

「私のママってちょっと変なの。自分があまり良い人じゃないってのをわかってて、開き直ってるような人。だからママは私に、『ママといるよりもおじさんといたほうが菜々里のためよ』とか言っちゃうんだよ。最初はすごく傷ついたけど……今は私もそう思う。だってママ、私の前で彼氏とイチャイチャしたりするし。それがすごい、気持ち悪いの」

菜々里の告白は、私に少なからずの衝撃を与えた。私は母親がいないぶん、母親に対して幻想のようなものを抱いている。私が思い浮かべる母親像というのはまさに聖母で、慈しみと優しさに溢れた崇高な存在だ。それなのに菜々里の語る母親——つまり雫石有沙は、男にうつつを抜かすだらしのない人間だ。

菜々里にとって、誰と一緒にいることが一番の幸せなのだろう。わからなくなってくる。

「ねえ煌香、私、ここにしばらくいてもいいの？」

まあ、私が勝手に連れてきたのだから、断るのもおかしな話だろう。

「いいけど、いくつか約束して欲しいことがある。私が許可した部屋以外には、絶対に入らないこと。それと、私の素顔は決して見ないこと。約束できる？」

「そんな簡単なことでいいの？　もちろん約束する！」

「そう。あ、それと、ずっとここにいて良いってわけじゃないからね？　どんなに長くても、夏休みが終わるまでにしよう」

それまでに、菜々里が少しでも幸せに生きていける環境を、私は作ってあげられるだろうか。

「わかった。それでいいよ。少しの間だけでも、おじさんの家にいるよりずっといいから。家も広いし、煌香ってなんか話しやすいし」

「あっそ」

とぶっきらぼうに答えた私だったが、不覚にも仮面の下で赤面してしまった。ちょっと嬉しかった。ありがとう。

「おじさんも悪い人じゃないんだけど、やっぱり最近、ちょっと変だったんだよね」

「あの猫のこと、やっぱり菜々里も気づいてたんだ」

「うん。けど、おじさんは悪い人ではないんだよ。おじさんは私が家にいるせいでストレスが溜《た》まっちゃっただけ。だからそれを、猫にぶつけてしまったんだと思う。おじさんにも、申し訳ないことしたなって……」

「違う」

私はとりあえず否定したが、言葉が見つからなかった。呪術のために猫を虐待していたとは言えず、まるで嘘をついたみたいに沈黙だけが残った。

「菜々里は何も悪くない。どんな理由であれ、動物を虐待して良い理由にはならないもの。けど、相澤時生が根っから悪い人ではないってこと、なんとなくだけど私は理解してるつもり」

「……うんっ」

菜々里はようやく安心したように頷いた。

「おじさんはたばこも吸わないし、お酒も飲まない。そっけないけど、私に怒鳴ったりしたことは一回もなかったもん」

相澤時生はそれほど悪い人間ではないが、自分の意見を主張するのが極端に苦手な内向的な人間なのだろう。得てしてそういう人間は呪術に依存しやすい。

「相澤時生が悪い人じゃないのはわかるけど、最終的に菜々里が帰る場所は母親のところだよ。それは菜々里だってわかってるでしょう？」

菜々里が母親の元へ帰ること。それが明確なゴールだ。

「……わかってるけどさー。私がっていうより、ママだよね。問題は」

菜々里の言うとおりだと思うと同時、スマホに着信があった。噂をすればなんとやら。

雫石有沙だ。私は菜々里を居間に残したまま自室に駆け込んだ。

「はい、もしもし」

『なんか着信があったみたいなんだけど』

声を聞いた瞬間、体中に嫌悪感が走る。私は雫石有沙という女を、自分が思っている以上に嫌いらしい。

『ちょうど、私もアンタにかけようと思ってたのよね』

雫石有沙のほうも私に用があったのか。もしかして相澤時生は、菜々里が仮面の女に連れていかれたことを言ってしまったのだろうか。口止めしたのに、あの男。

『実はさ、アンタに呪いをといてもらってから調子良かったのに、最近また体の調子が悪くて』

……んん？　どうやら菜々里の件ではなく、別件で電話をかけてきたようだ。

『たぶんまた何かに憑かれてるんじゃないかと思うの。一回呪いに掛かると、病気とは違うってすぐわかるようになんのね』

「はぁ。それで、どういった症状でしょうか？」

『前回の猫の霊とは違って、急に体の芯から冷えるような寒気がするの。そういうとき、誰かに見られてる気配があって、黒い影が横切るの。その黒い影っていうのが……』

「人間の髪、だったんですね」

『そう！　そうなのよ！』

私はすぐに、このその黒い影の正体がわかった。

「結論から言えば、生霊だと思います。何か心当たりはありませんか？」

『同僚の子だと思う。それで、別に取ったわけじゃないんだけど、別の子についてた常連さんが最近私を指名するようになったりして。そのことをきっと、あいつは僻《ひが》んでんのよ。他の女の子と一緒になって私の陰口とか叩いてるっていうし。はーあ……。私って、呪われやすい体質なのかな』

喋り方は、どことなく菜々里と似ている。しかし話している内容は幼い菜々里よりもずっと幼稚だった。

『でさ、この前みたいに除霊してもらいたいのよね。金はあるし』

「お断りします」

と私はきっぱりと断った。

『は？　なんで？　金は出すって言ってんでしょ』

「つかぬことをお聞きしますが、大橋智則さんとのご関係はどういった状況でしょうか」

『なんでアンタがそんなこと知ってるのよ！』

「そんなことはどうでもいいのです。私の質問に答えてください」

雫石有紗が何を喚こうが私は口を開かず、じっと返答を待った。次第に雫石有紗は勝手に落ち着き、『……もう別れた』と情けないほど小さな声で呟《つぶや》いた。

「なぜそうなったのか、ご自身で理解はされてますか？」

『……あいつは家庭を捨てられなかったってことでしょ』

「ええ、そのとおりです。大橋は、自分の過ちに気づいたのです」

呪いというのは誰かの怨念の元に成り立つ。自分が何者かに強い恨みを持たれていると知ったとき、人は心の中に隠していた罪と向き合うことになる。

それこそが、呪いの持つ本当の力なのだ。

しかしながら、極稀《まれ》に呪いを病気や怪我と同列に考え、私のような拝み屋に頼めばすべて解決すると思っている愚か者がいる。宮奈家が背負う宿命上、鬼狐院を訪れたものに対しては除霊を行わなければならないが、逆にいえば訪ねて来ない限りは、私に救う義務はない。敷地内のゴミだけを拾うことだけが私の仕事だ。

「申し訳ございませんが、今回の件に関して、私はどうすることもできません。あなた自身が日々の行いを改めて、なぜ自分が呪われてしまったのかを考える必要があるのです」

『私が悪いって言うの？』

「ええ。お話を聞く限りでは」

『私は仕事してただけよ！　それなのになにが……』

「そう思うなら勝手に呪われていろ」

私はあまりにも馬鹿馬鹿しくなり通話を切った。しかしすぐに後悔して、暗澹《あんたん》とした気持ちになる。ついつい感情的になってしまった。もっと上手くやれたはずなのに。

「煌香ー！　入ってもいーいー？」

居間に置きっぱなしにしてきた菜々里が、私の部屋の前にいるらしかった。

「へー！　ここが煌香の部屋かあ。なんかお線香のにおいがする！　いいにおーい！」

――どうしてあの女は、何も気づかないのだろう？　無邪気な菜々里の笑顔が、私の胸を締め付けた。

「なんか本ばっかあるね。私が読めそうな本ないかなー」

菜々里が背を伸ばして一冊の本を手にとった。それはきっと菜々里では難しくて読めないだろう、源氏《げんじ》物語だった。

「これどんな話？」

「帝《みかど》……偉い人の息子である光《ひかる》源氏が、多くの女と恋をする話よ」

「ハーレムものってこと？」

「まあ、そんなところね」

「煌香はどの女の人が一番好きなの？」

「私は……そうね、六条御息所《ろくじょうのみやすどころ》かな」

「どんな人？」

身分も教養も優れていた高貴な女性である六条御息所だったが、彼女が唯一持ちあわせていないものは若さだった。主人公の光源氏が若い女と逢瀬《おうせ》を重ねてることが耳朶《じだ》に触れるたび、狂おしい嫉妬を感じていたが、欲望を押し殺し、淑女として振る舞い続けた。その結果——恐ろしいことが起きてしまう。

「これ読んでみてもいい？」

「ちょっと難しいから、別なものにしたほうがいいと思うよ」

「そっかぁ」

菜々里は再び本棚を見上げた。髪をずいぶん切っていないのか、黒髪が腰まで流れている。私はそれに触れて、軽く梳《す》いてみた。指の間をひんやりとした感触がつるりと滑ってゆく。そのとき、ふわりとタバコの香りが私の鼻腔をつくのだった。

菜々里が言うには相澤時生はタバコを喫わない。だから菜々里は、別のところでタバコの煙に触れたことになる。それはきっと、無意識のうちに。

「髪、結ってあげようか」

「え、あ、うん。ありがと」

「そのついでにお香を焚《た》き込めてもいい？」

「タキコメルってなに？」

「お香のかおりを、髪につけるってことよ」

木炭に火をつけ、それを香炉の灰の中に埋める。熱くなった灰の上にお香を乗せると、良いかおりがゆっくりと部屋の中を漂いはじめた。白檀《びゃくだん》という香木や、龍脳《りゅうのう》や乳香、そして邪気を払う効果のある芥子《けし》を調合してある。

菜々里の長い髪を櫛《くし》で梳かしてから、三つの毛の束と、お香の白く細い煙を絡ませ、私はせっせと三つ編みを作った。

ところで。

呪いと願いは紙一重だ。こうなって欲しい、ああなって欲しい、そういう願望がマイナスに作用したとき、それは願いではなく呪いへと形を変える。

菜々里は、本心では母親との同居を望んでいる。そして愛されたいとも強く願っている。それは紛れもない、願いだ。しかし母親が男にうつつを抜かし、自分を蔑《ないがし》ろにすることには怒りを覚えていた。それが願いを、呪いへと変えたのだろう。

「ねえ煌香、六条御息所さんは、最後に主人公と結ばれるの？」

「…………えーっと」

——源氏の正妻である葵《あおい》の上が物の怪に取り憑かれて死んでしまうのだが、その際、遠くにいたはずの六条御息所の髪に身覚えのない『香』が付いていた。邪気を払う『芥子』

の香り。それがきっかけで、御息所は自身の与《あずか》り知らないところで、葵の上に生霊を飛ばしていたことを知った。その後彼女は自ら身を引き、結ばれることはなかった。

「……彼女の願いはちゃんと光源氏に届いて、幸せに暮らしたのよ」

菜々里を思えば、どうしても嘘をつかなければいけなかった。

「そっか、良かったね」

一人の不幸な少女が、ようやく運命に抗う力を孵化させたのだ。その結末が破滅的であってはいけない。雫石有沙が生霊の正体に自分で気づき、そして自ら罪を理解し、菜々里を迎えに来るのがもっとも理想的な未来。私はそう信じているからこそ、菜々里の生霊を、雫石有沙から除霊するのを拒絶した。

『もういいーよー!!』

どこからともなくラレコの声が聞こえてくる。その様子に全く気がついていない菜々里は、私が結った髪を手に取って、「良いにおいがする」といつまでも喜んでいた。

第二章　枯《こ》呪《じゅ》生《せい》化《か》

『苦しい……！　あぁあぁああ……！　苦しい苦しい苦しい苦しい……！』

悪夢を見た。

夢の中で、私は十二歳の少女だった。

「……はぁ……はぁ……はぁ」

もう悪夢から目覚めたというのに、私の心臓はハンマーで叩《たた》かれるみたいに脈打っていた。何時間も溺れていたかのように、息を吸っても吸っても息苦しい。

いったいどれだけの間、私はうなされていたのだろうか。

夢に引っ張られる形で、自然と私は十二歳当時のことを思い出してしまう。

『お前はここで、一人で生きていくんだ』

私が鬼《き》狐《こ》院《いん》に住みはじめたばかりの頃だ。大好きだった莉《り》唯《い》と離ればなれになったことが悲しくて、この広い屋敷の一室に引きこもって、メソメソと何日も何日も泣いていた。

鬼狐院に来てから十日が経《た》った頃だろうか、私はようやく、自分がこれから生活してゆく屋敷の中を、見て回るにした。

『苦しい……！　あぁあぁああ……！　苦しい苦しい苦しい苦しい……！』

屋敷の西側を、南側と東側と回って、北側に足を踏み入れたとき、ひたすらに苦痛を訴える叫び声が聞こえた。

声がする部屋の襖《ふすま》には桜の樹が描かれていた。とはいっても花はおろか葉も落ちた冬の桜の樹で、禍々《まがまが》しいほどに歪《ゆが》んだ枝が恐ろしげだった。

『あぁあああぁ……！　苦しい……！』

部屋からは絶えず、壮絶ともいえる声が響いていた。引き返したい――と心の中で私は何度も唱えたが、踏みとどまったのは、ある期待があったからだ。

この声の主を助けたら、私と一緒に暮らしてくれるのではないか。

恐怖よりも、孤独や心細さのほうが大きかった。だから私は勇気を振り絞って、襖を開け放った。

『なに……これ……』

部屋には、大きな金庫がぽつんと置かれているだけだった。深い緑色を基調とし、金色の金具で装飾されたそれは、ところどころ血のような赤茶色の錆《さび》がこびりついていた。

『苦しい……！　あぁあぁああ……！　苦しい苦しい苦しい苦しい……！』

声は、その金庫から聞こえていた。

得体の知れないものを前にして、私の情緒は完全におかしくなった。叫び声に負けないくらいに、私は大声で号泣していた。

『来るな……！』

突如《とつじょ》警告じみた声が発せられ、私は思わず尻餅をついた。

『で、でも、あなた、苦しそうだから……』

『捨ておけ……!!　こっちへ来るな……!!』

『いま助けてあげる……！』

「来るなと言っているだろう……！　この金庫の扉は――」


――地獄へと続いている……！


私は部屋を飛び出した。すっぽりと頭から布団を被って、『莉唯、怖いよ、助けてよ』と情けなく泣いたのを覚えている。『大丈夫だよ、煌香《こうこ》ちゃん。お姉ちゃんがついてるからね』と莉唯が言うだろうセリフを自分で吐いて、自分の体を抱いたりもした。

地獄へ続いているという金庫が、なぜ鬼狐院にあるのか、そして金庫が今どんな状態にあるか、私は知らない。

◇　◇　◇

「……莉唯。怖いよ」

回想の中の自分と重ね合わせてしまい、図らずも弱々しくその名前を呼んだ。

私の眼前には、いつもとは違う天井がある。

私は昨夜、客間に一人で寝た。そうなった顛末《てんまつ》を思い出すなり、陰鬱な気分になった。

昨夜、菜々里《ななり》の髪を結ってあげた後、私と莉唯の間で大事件が起きた。

昨晩の出来事は夢であって欲しい。そう願う私は、もう一度目をつむった。目が覚めたとき、悪い状況がすべて好転していてくれないだろうか。そんな一縷《いちる》の望みにかけて再び眠りにつこうとしたが、

『ゆるせません！　ぜったいにゆるせません！』

ラレコが私の頭上にやって来て、手足をバタつかせた。

「うっさいわね。なに騒いでんのよ」

「昨日かくれんぼであたちのこと無視したでしょー‼」

ああ、そういえばそんなことがあったっけ。

「そっか。ごめんね」

と私は謝った。

普段、ラレコに対して粗暴な私が、素直に謝ったことが意外だったのだろう。ラレコは目を丸くしながら、弛緩《しかん》した舌をひゅっと引っ込めた。

「こーこちゃん、今日はいったいどうしたんですか？　全然元気ありませんけど」

「昨日莉唯とケンカしちゃって」

昨夜、動物病院から帰ってきた莉唯と口論になった。

結果から言えば、莉唯はもうこの屋敷にいない。

「なーんだ、そんなことですか。ごめんなさいすればいいのですよ」

「それができたら苦労しないよ」

「あたちが代わりに謝ってきましょーか？」

本当にそうしてくれるのなら、どれだけありがたいことか。

「それで、えと、あたちは誰に謝ってくればいいんでしたっけ？」

「莉唯よ」

「はて。リーって誰ですか？」

「どっか逝け」

「……ねえ煌香」

と背後から菜々里の声が聞こえ、思わず私は硬直した。

「……さっきから何ひとりで喋《しゃべ》ってるの？」

「えっと、昨日いろいろとあったからまだ混乱しちゃってて。うん、それにほら、あまり寝れなかったから、ちょっと寝ぼけてたみたい」

と私は小学生を相手に必死の弁明だ。

「まあいいけど。やっぱ煌香、相当へコんでるんだね」

私は黙って頷《うなず》く。

「あんまり気にしないほうがいいよ」

「そうね」

激しい口論の末、私は客間で、莉唯は私の部屋で菜々里と夜を過ごした。今朝早くに莉唯が荷物をまとめて出て行くのを、私は布団の中で息を殺しながら傍観していた。

「あのさ、煌香」

「うん？」

菜々里は浮かない顔をしている。せっかく仲良くなった莉唯がいなくなってしまったことを、残念に思ってるのだろうか。

「……昨日の夜、私は目の見えないお姉ちゃんと一緒に寝たじゃん？　それでさ、まあ色々と話したんだけど」菜々里は痛みに耐えるかのように顔をしかめた。「最初は優しいお姉ちゃんなのかなって思ったけど、あの人、なんかヤバい人だよ」

「……え？」

小学生の語彙力では、何を言わんとしているのか、この段階では全然伝わらなかった。

「……それ、どういう意味？」

「……あのお姉ちゃんね、私を励ますつもりで言ったんだと思うんだけど、自分の生い立ちを話してくれたの」

私の莉唯の生い立ちを詳しく知らない。というか、まったく知らない。

「それ、聞かせてもらってもいい？」

と私が訊くと、「……うん」と菜々里は答えて、私の布団に潜り込んできた。私に背を向けながら、菜々里はポツポツと語りはじめる。

「あのお姉ちゃん、小学校五年生のころにお母さんとお父さんに捨てられてね、それから親戚の家をたらい回しにされたんだって」

障害のため家事もできず、ただじっと座っていただけの莉唯は全くかわいがられなくて、ヒドい虐待を受けたらしい。その虐待の内容を生々しく、嫌がる菜々里を無視して語り続けた。

「あの人、そのときのことをすっごく憎々しげに話してた。その話が終わったあとで、『私の不幸に比べたら、菜々里ちゃんの不幸なんてゴミみたいなものでしょ？　ね？　そうでしょ？　そう思うでしょ？　だから私の前で不幸な顔しないでね』って言われて、なんかすごく怖くなった。寒気が、止まらなくなったの」

私も、その話を聞くなり寒気がした。

窓の外では蟬《せみ》がざわざわと鳴いていて、日射しは時を追って強くなる。菜々里と一緒に生活する以上、仮面をずっと被っていなければいけない私は息苦しくて、これからのことをちょっとだけ重苦しく感じた。

◇　◇　◇

遅い朝ごはんを食べたあと、菜々里は虫かごをぶら提げて、「近所を探検してくる！」と出て行った。「あたちも〜！」と浮遊霊も後を追ったから、私は屋敷に一人きりだと思ったのだが、

「にゃーお」

相澤時生の家から保護した猫がいるのだった。

「あんた、ずいぶん調子よくなったみたいね」

病院から帰ってきたときは、まだぐったりとしていたのに、一晩経ったらもう自分で歩いている。

「にゃーお」

「あー……なに？　餌が欲しいの？」

私はパンを皿に盛ってやったが、猫はじっと私を見つめたまま、食べようとしない。

「……なによ」

猫はそっぽを向いて、長い尻尾をぴんと伸ばしたまま私から去って行った。

「かわいくないやつ……」

あんな猫なんかどうでもいい。私には、時間を割かなければいけないことが他にある。

私はスマホを取り出し、勇気を出して莉唯にかけてみた。昨日のことを謝りたかった。

朝、お見送りをしなかったことも。それなのに通話口からは、無機質な電子音が虚《むな》しく繰り返されるだけだった。

◇　◇　◇

昨夜十時頃だった。莉唯と笠原《かさはら》が帰って来たから玄関へ向かうと、莉唯は笠原の腕に絡みつくようにして立っていて、その必要以上な距離に、私はあまり良い気はしなかった。

とはいえ嫉妬するのも嫌だったから、自分の心の中のイライラの意味を何かにすげ替えられないものかと模索し、結果、意味もなく猫を睨《にら》みつけていた。

『すみません、遅くなってしまって』

笠原は私に猫を差し出したが、それを無視して私は笠原をも睨《ね》めつけた。

『……で、いくらだったの？』

『医療費はお姉さまがお支払いになりましたから、結構ですよ』

『じゃああとで払うね』

と私は莉唯に言ったが、莉唯はつんとして私の言葉を無視した。

『それでは私はこれで。例の件については、また改めてご連絡いたします』

例の件とは、笠原の除霊だ。

『笠原さん、もう帰っちゃうんですか？』

と莉唯が甘えた声を出すと、どうしようもない悲しみと苛立《いらだ》ちがこみ上げ、そして混乱した。

『笠原さん、ちょっと上がってお茶でもどうですか？』

『いえ、別の仕事がありますから』

と莉唯を見ずに答えてから、笠原は私に微笑みかけた。

『猫を』

私は笠原の左腕に抱かれていた猫を受け取り、すぐに踵《きびす》を返した。

『では近々』

背後で声がしたが私は足を止めずに、自室まで一気に歩いた。一刻も早く、莉唯の元から離れたかった。

『猫ちゃん帰って来たんだ！』

廊下で待ち構えていた菜々里が猫を抱き上げ、ぎゅっと強く抱きしめた。そのまま私の部屋へと消えていく。

『ねえ煌香ちゃん』

振り返ると、いつものように柔和な笑みを浮かべた莉唯がいた。

『ちょっとお話できる？』

改まった言い方に、私は名状し難い胸騒ぎを覚えた。私と莉唯は居間へと向かって、テーブルを挟んで向かい合った。

『話って……』

『その前にさ、わざわざ猫を病院に連れてったお姉ちゃんに、煌香ちゃんはお礼も言えないの？』

『ごめん。ありがとね、わざわざ』

『それだけ？』

『それだけって？』

『私がお金立て替えてたんだけど』

『ああ、そうだったね。いくらだった？』

『一万円。猫って保険きかないから、結構高かったよ』

『そう』

私は巾着に入れっぱなしだった財布の中から一万円を取り出した。

『はあ』

莉唯はわざとらしいため息をついた。

『こういうのは多めに渡すのが普通じゃない？』

『そうなんだ。ごめん』

私は財布の中に入っている札をすべて莉唯に手渡した。莉唯は手触りだけで識別できるのか、財布の中に千円と五千円と一万円を、それぞれ分けてしまった。

『煌香ちゃんは常識がないよね。目が見えない私のほうがよっぽど世の中を知ってるよ』

『うん、私あんまり外出しないから……莉唯に色々教えてもらいたいな』

と私は言ったが、莉唯はそれを鼻で笑った。莉唯のあまりの豹変《ひょうへん》ぶりに、私は腿《もも》をつねって耐えるしかなかった。何か、得体の知れないものに憑《つ》かれているのではないかと思った。だから私は莉唯にさりげなく触れて、莉唯の中にある異物を受胎《じゅたい》しようとしたのだが、莉唯の中には何もなかった。それがたまらなく悲しかった。

ただ虫の居所が悪いだけで、明日になればきっといつもの莉唯に戻ってくれるはず。そう信じて、私は無理をして笑みを崩さずにいた。

『笠原さん、結構良いオトコじゃない？』

莉唯は頬杖《ほおづえ》しながら、なぜか見下したような言い方をした。

『うんまあ。でも別に、私はもう好きじゃないから』

『ふーん。じゃあ、私が取ってもいいんだ』

『それは……ダメ』

『あははは』

私にその言葉を言わせたことがよほど面白かったのか、悦に入って莉唯は笑った。あの、風鈴を鳴らすような声とは違い、ガラスを砕くような不快な笑い声だった。

『やっぱり好きなんだ』

『違う、そういう問題じゃない』

『なに？　どういう意味？』

『莉唯にはまだ話してなかったけど、というより、話せなかった』

私は目に涙を溜《た》めながら言った。

「……笠原は普通の人間じゃないんだ。簡単に言えば、異常者なんだよ。私がそんな異常者に恋をしていることを莉唯に知られたら、莉唯に嫌われると思って言えなかった」

ＧＷの出来事が私の脳裏をよぎる。

三ヶ月前、私と笠原はここから三百キロも離れた樹海にいた。延々と広がる木々は太陽の光を遮断し、そのうえ地面は荒波のように歪んでいたから、前後左右の感覚がまるでなかった。

その樹海の先の山間部に、小さな小さな集落があった。今はもう、誰も住んでいない、滅びた集落が。

昔、この地域でヒドい差別があったらしい。差別を受けた人たちが自分たちの住処《すみか》を求めた結果、この場所に集落ができたという。

その集落にある廃墟《はいきょ》の診療所に、怪異が住んでいるという噂《うわさ》があった。

当時、笠原のことをすべて受け入れたかった私は同行させてもらった。笠原が怪異の血を吸い尽くす様を、この呪われた目でしっかりと見届けた暁には、本当の愛が約束されるような気がして。

でも、それは大きな間違いだった。あまりにも自分本位な考えでしかなかった。

山奥の朽ちた診療所の周辺は、誰かが生活している気配があった。火を起こした形跡があり、動物や魚の骨が大量に捨てられている。それで私たちは、何者かがこの辺りにいるのは間違いないと確信した。

音を立てないように、私たちは診療所の中に入った。辺りの気配を窺《うかが》いながら、ゆっくりと私たちは部屋を見て回った。といっても、診療所には受付と診察室、それに病室が二部屋あるだけだった。

そのうちの一つを覗《のぞ》いたとき、人影が見えた。全身を、包帯で巻かれた人影が。

人影は何かを呟《つぶや》いていた。いや、歌っていたのかもしれない。唯一包帯が巻かれていない唇が、緩慢に動き続けていた。

その人影に笠原は、

『こんにちは』

と近づいた。背中の後ろに、ナイフを隠し持ちながら。

人影は私たちを見るなり、パニックを起こしたように悲鳴を上げた。紛れもなく、女性の声だった。

『なんて美しい……。まるで絵に描いたようなミイラです……』

笠原の声は震えていた。明らかに昂《たか》ぶっていた。

『ま、待って……!!』

と叫んだのは私だ。

『この人を殺してはダメ……!!』

『人？』笠原は乾いた目で私を見た。『何を仰いますか煌香さん、人ではありませんよ、怪異です』

『これは包帯じゃない……！』

呪いの業界に身を置く私だから知っていた。

包帯に見えるそれは、御札だったのだ。

世の中には、私と同じように解呪を生業《なりわい》としている人がいる。その具体的なやり方は千差万別で、様々な手法や流派が存在する。

この御札の包帯は、そのうちの一つなのではないかと思った。

つまり——だ。

目の前にいるのは、呪われてはいるが人間なのではないかと思ったのだ。

ヒドい呪いをかけられた人が、包帯の御札の解呪を施された。しかしその姿はあまりにも奇妙だから、差別や迫害から逃れるために、人里離れたこの診療所で生活していた——。

『笠原……っ！　やめて……っ！』

私の叫びを無視して、笠原は『怪異』の首にナイフを突き刺した。ナイフを抜くと同時、首に噛みつくと、怪異は濁音の混じった悲鳴を上げた。笠原は快楽の声を漏らしながら何度も絶頂に達し、ズボンのチャックから露わになった赤黒い性器から、幾度となく体液が飛び散っていた。

私と笠原が到達できる場所なんてどこにもない。

人間に当たり前のように用意された快楽を得ようとすれば、即座に死が待っている。笠原は私と肌を合わせれば、我慢できずに私の血を飲むだろう。そして笠原は、私の亡骸《なきがら》を抱いて絶望する。

笠原が殺したのは、怪異なのか人間なのか。もっと言えば、笠原が過去に殺してきた怪異は、本当に怪異だったのだろうか。

真実は闇の中にあり、私はその闇を覗くつもりはなかった。

◇　◇　◇

『異常者？　下手な嘘《うそ》をつかないでよ、煌香ちゃん』

莉唯が口を歪めて笑う。

『そんなに笠原さんを取られるのがイヤなんだ』

『違う、そうじゃなくて……』

『悪いんだけど、笠原さん、私に気があるよ』

莉唯は妖艶な笑みを浮かべた。

『さっき車の中で、私にキスをしてきたから』

『莉唯……どうしてそんな嘘をつくの？』

笠原は人間に興味がない。持てない。そのことを、莉唯は知らないのだ。

「私には、莉唯が嘘をついていることがわかるよ』

『はあ？』

莉唯の声とは思えない冷たさに、私は怯《おび》えを通り越して、本当に目の前にいるのが莉唯なのかを本気で疑った。莉唯によく似た、他の誰かなのではないかと。

『嘘なんてついてないよ。ごめんね煌香ちゃん。もちろん私は拒否したんだけど、胸だって触ってきて……』

『いい加減にして!!』

私はテーブルを叩きつけた。飲みかけだった湯のみが倒れ、お茶が私の着物だけを濡《ぬ》らした。

『いったいどういうつもりなの!? 私の何がそんなに気に食わないの!? 私が莉唯に何をしたっていうの!?』

『別に? 私はいつもどおりだけど』

『もう帰ってよ! 莉唯の顔なんて二度と見たくない!』

『あら、そう。偶然だね』

と莉唯は微笑んだあとで、ふっと火が消えるように表情を消した。

私はこのとき、莉唯の本当の素顔を見たような気がした。

『こっちだって、お前の呪われた顔なんて二度と見たくないんだよ』

まるで潮崎《しおざき》のような口調で、莉唯は言った。

◇　◇　◇

「ねえ煌香、煌香ってば」

「こーこちゃん、そろそろ起きましょーよ」

居間で昼寝していた私を起こしたのは菜々里とラレコで、まるで二人は示し合わせたかのように左側と右側から、私の顔を覗き込んでいた。

「いい加減に起きてよ。いつまで昼寝してるのさ」

照明のついていない居間の中は薄暗く、時刻は夕方の六時という頃だった。

「私もうお腹ぺっこぺこだよ」

「ごめんごめん」

私はすぐにカレーを温めると言ったのだが、

「え～。昨日もカレーだったじゃん」

と菜々里は口を尖《とが》らせる。そんなことでは、この家で生きていくのは難しくなる。

「お外に食べに行こうよ」

私は無言で自分の顔を指差した。どこの店にも『仮面お断り』とは書かれていないものの、聞くまでもなく来店拒否されるに決まっている。

「だったら祭りの出店で買えばいいじゃん。私、焼きそばとかたこ焼きとか食べたいし。っていうかお祭り行きたい。連れてって」

面倒くさい。菜々里を預かったことを早くも後悔する私だった。

「……今日だけだからね」

「やったー」と菜々里は両手を上げた。「ねえ煌香、私が着れる浴衣とかないの？　私浴衣着たことないんだよね」

「いっぱいあるよ」

仮面と同じくらいに。

◇　◇　◇

「あーした天気になーれ！」

これはお母さんの形見だから大切に使ってね、と釘《くぎ》を刺したにもかかわらず、家を出るなり菜々里が高々とサンダルを蹴り上げた。

「明日は雨かあ。じゃあ明後日の天気はどうだろ」

けんけん足でサンダルをつっかけると、菜々里はもう一度サンダルを蹴り上げた。

「こーこちゃん、あたちもあのクソガキがやってるあれ、やりたいのれす」

「そんなこと言っても、アンタには足がないじゃないの」

「どうしてあたちには足がないんですか？」

「死んでるからでしょ」

「がーん」

自分が死んでいることにようやく気づいたのか、ラレコの体が消えてゆく。ありがとうラレコ。さようなら。

「ねえ煌香、早くしてよ」

菜々里は水色地に、カラフルな朝顔が散りばめられた浴衣を着ていて、元気な菜々里に良く似合っていた。

「もうちょっと早く歩けないの？」

両手に腰を当てて、仁王立ちした菜々里が口を尖らせる。私は菜々里の強さを羨ましく思った。私の頭の中は莉唯のことばかりで、何度もスマホを確認してばかりだ。

「まだケンカしたこと気にしてるの？」

「……うん」

「そんなこと気にしててもしょうがないじゃん」

「そうだけど……」

「はあ」と菜々里はため息をついた。「煌香は弱いね」

確かにそのとおりだ。私は打たれ弱い。自分に対する呪いには手も足も出ない。私という人間は、そういう性質をしているのだろう。

「ほら、いこ」

と菜々里が私の手を握って、せかせかと足を動かした。菜々里の手は小さくて、すべすべとしていたが、私の手を握る強さは思いのほか強かった。

「しっかもさあ、なんでその仮面被って来たの？　もっとかわいいのないの？」

さらに仮面にまで駄目出しをされる。私が今日つけてきたのは、昨日と同様稲荷《いなり》の仮面だった。

「それなに？　犬？」

「狐」

「なんで狐？」

「一応、稲荷神社のお祭りだから」

「稲荷ってなに？」

「稲が生る、とか、稲が成るが語源とされている言葉。稲荷様というのは、五穀豊穣を願う狐の神様なのよ」

まあ、正確には神様ではなく神様の使いだ。しかし一般的には神様として知られているのだから、そこまで詳しい事情を話さなくてもいいだろう。稲荷様の使いだった狐が、いつの間にか稲荷様本人に誤認されるようになったのは、それこそ狐の代名詞である変化の技だ。

「難しい言葉使わないで！　ごこくほーじょーって？」

「あ、ごめん。五穀豊穣を願うっていうのは、お米がたくさん取れますようにってこと」

「その神様がなんで狐なのさ。狐が稲を育ててくれるの？」

「ううん。狐は害獣から田畑を守ってくれるの。田畑の一番の天敵は鼠《ねずみ》なんだけど、鼠の天敵は狐なんだ。だから昔の人はね、狐の好物を田畑の近くに撒《ま》いておいたんだよ。こうすると狐が近くに糞《ふん》をしてくれるから、そのにおいを嫌って鼠が寄りつかなくなる。こういう経緯があって、人々は狐を稲荷の神様だとしたのよ」

「そうなんだ。へえ。面白い」

「じゃあここで、狐にまつわる問題を一つ出そうかな」

「うん、いいよ」

「狐の好物とはなんでしょう？」

「えー？」

菜々里はあれでもないこれでもないと呟いて、「うーん、全然わかんない」と、早々に匙《さじ》を投げた。

「ヒントは？」

「お寿司」

「お寿司？　マグロ？」

「ぶー」

「わかんないよー。正解は？」

「油揚げ」

「んー？」

と首を傾《かし》げる菜々里だったが、

「ああそっか！」とかわいらしい花のような笑みを見せた。「だから稲荷寿司って言うんだ！」

「そう。きつねうどんとかも、同じ由来」

なんてことを話している間に酉霧坂《くみきりざか》通りに到着し、私と菜々里は人波に揉《も》まれながら出店を見てまわった。

昨日は坂の途中で引き返したものの、私と菜々里は坂を下っていった。昨日は見られなかった出店が数多くある。

「あ、風鈴……」

オレンジ色のテントの出店には、団扇や金魚鉢、それに風鈴などの、夏の風物詩が置かれていた。

風鈴は日中にこそ映えるものだと思っていた。だけど色とりどりの風鈴が、夕闇の下で電飾に照らされる様子は案外美しかった。風鈴が揺蕩《たゆた》い、色ガラスを通して生まれた燐光《りんこう》が、絵本世界の雫《しずく》のように瞬《またた》いている。

そんな光景に心を奪われていたのだが、ふいに風が吹いた瞬間に、私は恐怖のどん底に突き落とされた。

まるで夕暮れ、電柱にとどまる大量の烏《からす》が鳴き出すように、風鈴が一斉に音を鳴らした。

その様子は、莉唯が大口を開けて笑う様を私に連想させた。

私はこの先、風鈴の音を聞くたびに厭《いや》な気持ちになるのだろうか。

「煌香、風鈴に興味があるの？」

「あ、ううん。そういうわけじゃないんだけど」

「一つ買ってけば？」

「そんなのいらない……っ」

思わず語気が強くなってしまい、「風鈴、好きじゃないんだ」と取り繕った。

「菜々里は欲しいものないの？　お金ならあるから、欲しいものがあったら何でも言って」

「おお！　煌香、太っ腹だね！」

仮面のおかげか、菜々里は気にすることなくからりと笑う。

菜々里はたこ焼きと揚げ餅を食べた。そのあと、デザート代わりのあんず飴を頬張りながら、金魚すくいの前にしゃがんだ。

「金魚はダメ。金魚鉢がないから」

「見てるだけ」

他の客の邪魔にならないよう、菜々里は金魚が放たれたプールの側面から、身を乗り出してずいぶん長いこと金魚の遊泳を眺めていた。

「よし、行こう」

と菜々里が立ち上がって、再び私の手を取った。

「金魚好きなの？」

「そういうわけじゃないんだけど。昔さ、お母さんと一緒に近所のお祭りに行ったときがあったの。そのときに金魚すくいをやったんだけど一匹も取れなくて。ちっちゃい頃の私ってすっごい泣き虫だったから、泣いちゃったんだよね。その時のことを、なんか思い出しちゃった」

「なら、金魚鉢を買っていく？　欲しいんでしょ、金魚。リベンジしたらどう？」

「ううん。金魚屋のおじさんがね、泣いてる私にもう一回だけチャンスをくれたんだ。だから、もう気は済んでるの」

「そう」

そのあと菜々里が金魚を取れたかどうかは語ってくれなかった。なんとなく私は、取れなかったと想像した。もし取ることができていたのなら、それはきっと楽しい思い出として語ってくれたはずだから。それにしてもその金魚屋だって、チャンスを与えるのではなく一匹くらいあげてもいいではないか。ケチなヤツがいるものだ。

「煌香、ほら、あっちにお面屋があるよ」

菜々里が指さすほうに、青色のテントの下で艶々と光るお面が見えた。

懐かしい――どうしてだろう、そんな感覚が体中を巡っている。

私はこの光景をどこかで見たような気がする。

いつまでも見ていたいと私は願い、しばらく時間も忘れて立ち止まっていた。何度か背中に誰かの肩がぶつかったが、私は強くその場に踏みとどまった。

「ねえ煌香、なにか気になるお面があるの？」

「あ、ううん。そういうわけじゃないんだけど……」

「アンタ、煌香って名前なのかい？」

お面屋のおじさんがびっくりしたように目を見開いていた。

「そうですけど、それがなにか？」

「いや……」

と歯切れ悪く、おじさんは目を泳がせる。

「なんですか。私のことを知ってるんですか？」

「いやいや、きっと人違いなんだ。気にしないでくれ」

煌香という名前が珍しいものなのかどうかは私にはわかりかねるが、人違いとは思えない何かを感じたのは、先ほど感じた強い郷愁だった。

「もしかして、私は以前、ここにお面を買いに来たことがあるんじゃないですか？」

「うーん。もう十五年くらいに前になるけど、母親と一緒にお面を買ったのは、たぶんアンタだったと思うんだ」

十五年前？　どうしてこのおじさんは、それだけ前のことを覚えているのだろう。

「まあ、人違いかもしれないけど……」

何かを言いあぐねているおじさんを、菜々里は嬉《うれ》しそうに急《せ》かした。

「ねえおじさん、その話してあげてよ。煌香、小さい頃にお母さん亡くしちゃったから、お母さんのことなら、どんなことでも知りたいと思うの」

菜々里に促されても、「自分の勘違いかもしれないし」とのらりくらりと逃げるおじさんに、私は深々と頭を下げた。

「お願いします」

「うーん」

そこまでされては流石に断りきれなくなったのか、訥々《とつとつ》とおじさんは語りはじめた。

「十五年前も、俺は今日と同じようにこの場所でお面屋の出店を出していたんだが……」

人の往来もまばらになったころ、急に雨が降りだしてきて、おじさんは慌てて出店を片付けていた。そんなときに、小さな女の子を抱いた若い母親が、出店に飛び込んできた。

「俺はもう店終《みせじ》まいだって言ったんだけど、女の人の様子がなんだか妙でねぇ」

「妙、と言いますと？」

「……ニコニコと笑ってたんだよ。すっごく嬉しそうに」

あったよあったよ、お面屋さん、煌香、どれでも好きなの選んで――そんなことを、母親は女の子に囁《ささや》いた。

「女の子はお母さんにしがみついて、胸に顔を埋《うず》めていた。てっきり俺は寝てるのかと思ったんだ。けど、何やら小さな声で会話してたてよ……」

どう声をかけたら良いのかわからずにおじさんが立ち尽くしていると、ふいに母親は微笑んだ。

「これから目の前で起こることを誰かに言ったら、私はあなたを呪い殺すって言うんだよ。ニコニコしながらさ。変な客が来たもんだって俺は半笑いだったんだけどよ……」

「そのあとはどうなったんです？」

「女の子が、ゆっくりと振り向いたんだ」

そこから先については口をつぐんだ。きっとこれまでも、その先のことを誰にも言わずに生きてきたのだろう。『呪い殺される』という言葉が、決して冗談ではないことを知ってしまったから。

「それで、どうなったんです？」

「女の子は、母親に小さな声で、パンダさん、って言ったんだ」

ああ、なるほど。屋敷にあるパンダのお面は、私が幼少期の頃につけていたものだったのか。

「きっとそれは私と母で間違いないと思います」

「じゃあ、アンタの仮面の下は……」

私が頷くなり、おじさんは目を背けた。獣の目を宿す、私の顔を思い出してしまったのだろう。

「お面を被ったアンタは、お母さんと一緒に、雨の中を楽しそうに歩いて行ったよ。もう出店もほとんど撤収しちゃって何もない酌霧坂通りを、本当に楽しそうにね」

それはきっと、私が三歳くらいのときのことだろう。四歳を迎えるころには、すでに私は潮崎の家に引き取られていたから。

「あなたが呪われることはありません。今の今まで、秘密を守ってくださって、ありがとうございました」

私はおじさんにお礼を言ったあと、菜々里にお面を買ってあげた。

「じゃーねーおじさん」

菜々里は猫のキャラクターのお面を顔の横につけながらおじさんに手を振った。私はもう一度おじさんに頭を下げて、その場をあとにした。

「煌香、お母さんと一緒にお祭りに来てたんだね」

「うん」

「良かったね、今日お祭りに来て」

「うん」

「……煌香？」

どうしてだろう、私は仮面の下で泣いていた。

◇　◇　◇

「こーこちゃん、おかえりなさい」

祭りから帰ってくると、まあ予想していたとおりに家出した幽霊がテレビを観《み》ていた。

「あれ……？　家出る前、テレビ消して行ったのに」と菜々里が訝《いぶか》る。「怪奇現象……？」

「違う違う、このテレビ壊れてて、たまに勝手についちゃうのよ」

「ふーん？」

と菜々里がテレビを消すと、「なにすんだこのガキ！」とラレコが腕を振り回した。

菜々里は何か違和感を覚えたのか、眉をひそめて辺りを見渡す。

「……この家、幽霊いるんじゃない？」

「な、なんで？」

「悪寒がする……」

「大変。風邪引いちゃったのね」

「風邪……？」

「風邪。もう絶対風邪。温かい風呂に入ってさっさと寝よう」

と私は促すが、菜々里の表情は固いままだ。

「なんか急にこの家怖くなって来た」

私は、菜々里の背後でべろべろと舌を垂らすラレコを睨《にら》みつけた。

「なんですか、どうしてあたちのことを睨むんですか？」

さらに無言の圧力をかけると、

「ヒドい！　あんまりです！」

とラレコは喚《わめ》いた。

「こんな家、もうあたちは出て行きますから！」

と、もう百回はざらに越えているだろう家出宣言をして、ラレコは部屋を出て行った。

「ねえ煌香」

「ん？　なに」

「煌香には、私には見えない誰かが見えてるの？」

「え？　そんなわけないでしょ？」

答えた私の声が裏返った。

◇　◇　◇

菜々里がラレコの存在に気づきはじめている。おかげでひとつの布団に二人で寝るはめになり、ちっとも寝れやしなかった。まあ、今日に限っては寝る必要もなかったので良しとしておこう。

笠原が除霊で来る予定になっていた。

私にしがみついたまま眠る菜々里をゆっくりと剝がして、そっと襖《ふすま》を開けて自室を出た。

ざかざかと耳を叩く激しい夜雨。我慢の限界を越えて、何かが溢《あふ》れ出ているかのような、激情的な雨だった。

「アンタ、そんなとこで何してんの？」

雨空を、猫が縁側で物憂げに眺めていた。猫は私に気づいているくせに、見えないフリを続けている。この愛想のない猫は全然私たちに懐かなくて、今の今まで屋敷のどこかに隠れて姿を見せなかった。菜々里が名前まで考えてくれていたというのに。

私がそっと窓を開けると、猫は私を見上げた。

「ほら、行きなさいよ。外に出たいんでしょう？」

猫は私をしばらく眺めていたが、やがて私から視線を外し、躊躇《ちゅうちょ》なく外へ出た。

「ほんと、かわいくないやつ。あんたがいなくなってくれて、せいせいするわ」

私が呟《つぶや》いても、猫は歩みを止めなかった。

「あ、そうそう、菜々里が名前をつけてくれたのよ。ノラ、だって。笑っちゃうわよね」

なんてぴったりな名前だろう。猫はもう、雨の中に消えていた。

窓を閉めてから、私は笠原を玄関まで迎えに行く。磨《す》りガラスの向こうに、雨で滲《にじ》んだ影があった。そっと玄関の鍵を外して、雨に濡《ぬ》れた男を招き入れる。笠原は丁寧に傘の露を払い落とし、慇懃《いんぎん》に頭を下げた。

客間へ案内すると、笠原はもう一度私に頭を下げてから、座布団に腰を下ろした。私が襖を閉めたのを確認してから、ようやく笠原は口を開いた。

「菜々里ちゃんは元気ですか？」

「うん、まあ」

「それは良かったです」

笠原は濡れた前髪を横に流してから、ハンカチで顔を拭いた。

「お忙しいところすみませんが、よろしくお願いします」

私は頷きもせず、笠原の前に正座した。笠原の額に手を触れて、いつものように除霊を行う。

「……きゃっ」ふいに手に温《ぬく》もりを感じて、私はその手を引っ込めた。「なに」

「私から頼んでおいて恐縮ですが、除霊の日を改めさせて頂いてもよろしいでしょうか」

「え、どういうこと？」

「なんだか今日の煌香さんはものすごく疲れているように感じられます。そんな煌香さんに負担をかけてしまうのは、とても心苦しいのです。もしかして煌香さん、お姉さまと何かあったのではないですか？」

「どうしてそう思うの？」

「お姉さまの靴がありませんでした。この深い雨の夜に、それも盲目の女性が一人で出かけるとは思えません。ですからお姉さまはお帰りになられたのかと」

目ざとい男だ。

「私の除霊は後日でも構いません。私でよければ煌香さんのお悩みをお聞きいたしますが」

私の弱い部分に入り込もうとする小賢《こざか》しさがひたすら憎い。そして笠原の思惑を知りながら、拒否できない自分が何より腹立たしかった。
「莉唯とケンカしちゃったの」と私は呆気《あっけ》なく吐露した。
「仲の良い姉妹でもケンカなど普通にするものですが、そういう単純な話ではないという
ことですね？」
私の知らない莉唯の姿に混乱してしまった。混乱？　いや、幻滅だ。これまで私は莉唯
のことを、世界一の人格者だと思っていた節がある。だからこそ余計に、今回の件は心に
刺さった。
「お言葉ですが、きっと煌香さんの思っているお姉さまと、実際のお姉さまには乖離《かいり》があ
るのではないかと思います」
「どうしてそう思うの？」
「私が煌香さんからお聞きしていたお姉さまというのは、一言でいうなら清廉、というと
ころでしょうか。しかし、実は猫を病院に連れて行こうとしたときのことですが、『そん
な薄汚い猫はどこかに捨てよう』と口にしたのです。せっかく煌香さんが助けた猫でした
ので、もちろん私は拒否しましたが」
私の心がズキリと痛む。知りたくない、莉唯の一面をまた知ってしまった。
「それだけではございません。なんと言えばいいか……」
「誘惑してきたんでしょう？」

私が言うと、笠原が左の眉だけを吊《つ》り上げた。

「ご存知でしたか」

「笠原と車の中でキスをしたって、本人が私に言って来たからよ」

「そんな事実はございません」

「わかってる。だから悲しかったのよ。どうして莉唯は私の心を掻き乱すような嫌がらせをするのかって」

嫌がらせ、なんて言葉で言ってしまうとただのケンカ染みてしまうが、私はあえてこのような表現をしたかった。ただのケンカで終わってくれればどんなに幸せなことか。

「お姉さまを怒らせてしまった原因に、心当たりはないのですか？」

「あるにはある」

莉唯に黙って相澤時生の家を訪ねたこと、そして莉唯を置いて一人で家の中へと入ったこと——その辺りだった、莉唯の態度が急変したのは。

「最初は、私が危険を顧みずに相澤時生《あいざわときお》の家に行ったから、心配してくれてるだけだと思ったんだけど」

「しかし実際はそうではなかったと」

「私をバカにして、傷つけて、心の底から愉《たの》しんでいるようにすら見えた」

昨夜の、悪意だらけの莉唯を思い出すと、私から小さな嗚咽《おえつ》がひとつ漏れ出た。仮面の下で涙が溢れてくる。

「莉唯を怒らせた原因がわからないということは、莉唯がどれだけ怒っているかもわからないってことなの。それはとても……恐ろしいことなのよ」

「と、言いますと？」

「莉唯には恐ろしいほどの才能がある。その気になれば何人もの人間を、呪術を使って自分の意のままに殺せるくらいの」

「それは興味深いですね」

笠原は顎をさすりながら思案顔になる。そして何かを思いついたように微笑を浮かべた。

「相澤時生に呪いの方法を教えたのは、お姉さまということはありませんか？」

「なにを言ってるの？　莉唯が相澤時生と、元々接点を持っていたってこと？」

「はい。私が言いたいことはつまり」

莉唯は自身の才能を有益に使うために、『呪いの方法』を商品として販売していたのではないか。

「一種の、情報商材のようなものですよ。お姉さまはおそらく、呪術を必要とする人間を、インターネットを介して見つけたのではないでしょうか」

それでたまたま見つかった呪いの購入者が相澤時生だったと笠原は言いたいのだろうか。

「そもそも、お姉さまが鬼狐院へ来た本当の目的というのも、相澤時生に指南した呪いの効力を、その目で確かめるためだった——と、そんな風にも考えることもできます」

「そんなわけないでしょ。莉唯は誰が術主なのかを私と一緒に探してくれたんだから」

「お姉さまは実際にこの地へ来てみて、そこで初めて煌香さんにまで自身が売った呪いの影響が及んでいると知ったのではないかと。お姉さまにとって煌香さんは大事な存在ですから、自分のビジネスがせいで煌香さんの身に危険が生じてしまうのは心苦しかったはずです。だからお姉さまは第三者を装い、相澤時生が行っている猫憑《ねこつ》きの使役をやめさせようとしたのではないでしょうか」

「面白いけど、笠原の推理には大きな矛盾がある。インターネットを介して、という部分と、自分の目で確かめたい、という部分ね。莉唯は目が見えないのを、あんたはもう忘れてしまったの？」

「特殊なコンタクトレンズを使えば障害があるように偽装できます」

「いい加減なことばかり言わないで。そんなこと、何も根拠がないじゃない」

「そうですね」

　と笠原は当然のことのように答えた。

「しかし情報が少ない以上、こうやっていくつも仮説を立てていくしかないのです。その作業においてもっとも重要になるのは『情報』に他なりません。煌香さん、どんなことでもいいので、お姉さまに関することをもう少し教えてはもらえないでしょうか」

さあ、と子供に手を差し出すような、優しい声色で笠原が言う。

「……莉唯は子どものころ、虐待を受けていたみたいなの」

私は菜々里から聞いた、莉唯の生い立ちについて話した。なるべく正確に、誤魔化すことなく。

笠原は腕を組み、宙に視線を漂わせながら、何かを考えている様子だった。なかなか笠原が動かないので、お茶でも淹《い》れようかと立ち上がったところで、ようやく笠原が口を開いた。

「煌香さんが相澤時生と部屋で遭遇してしまったとき……私と煌香さんは電話をしていましたね」

「うん、そうだけど。それがどうしたの？」

「それによって私はすぐ煌香さんの元に駆けつけることができました。それが、お姉さまの気に触れたのではないでしょうか」

「全然わかんない。もっとわかりやすく説明して」

「お姉さまは、おそらく虐待された過去がトラウマになっています。助けを求めることも、逃げることもできず、ただただ苦痛を与えられる孤独な日々です。同じように、孤独な環境にいる煌香さんを、だから妹としてかわいがってきたのだと思います」

それなのに、私には笠原という存在がいた。曲がりなりにも、歪《ゆが》みながらも愛し合う存在が。

「すみません。私という存在が煌香さんとお姉さまの関係を壊してしまったのかもしれませんね」

「あんたのせいじゃない。悪いのは莉唯を虐待した連中よ。私がもっと早くそのことを知っていれば……ううん、もっと莉唯のことを、知ろうとするべきだった」

私が一緒に生活したことがあるのは潮崎と莉唯だけ。潮崎は私のことを怪異扱いしていたくらいだから、私にとって家族といえるのは莉唯だけだった。その莉唯のことですら私は全然わかってなくて……そう思うと、私はこの世界で誰とも繋《つな》がってないのではないかとも思ってしまう。

「お姉さまは、ご自宅に帰られたのでしょうか」

わからない。私はただ首を振る。もしかしたら莉唯は、私や潮崎との関係を捨てて、たった一人で生きていこうと決めてしまったのではないか。そんな気がしてならなかった。

「私なんかの言葉では何の励ましにもならないと思いますが、煌香さんにとって大事なお姉さまで、そしてお姉さまにとっても大事な煌香さんです。だからきっと二人はいずれわかりあえる。私はそう信じています」

「ありがとう」

やっぱり私は、笠原との関係を絶つことができない。たとえいつかは殺されてしまうとしても、それでいいと思ってしまう。

「私、笠原が普通の人だったらって、この三ヶ月の間に何度も思った。けどもし笠原が普通だったら、私のような怪異を好きになることもなかった。だから私は……」

苦しいのだ。

「笠原は私にすべてを見せてくれたけど、それを受け入れることはやっぱりできない」

「そうですね。煌香さんは間違っていません。あなたが私の除霊を拒否し、それで私が誰かに呪い殺されても、仕方のないことだと思います。本来はそれが正しい因果ですから」

「笠原は自分が死ぬことを望んでる？」

「死にたい、とは思いません。ですが、生きていて良い人間だとは思ってませんよ。私は、怪異の血を飲みたい衝動をどうやっても抑えられません」

悪いことだとわかっていてもやめられない――なんて、いったいどれだけの衝動が沸き起こるのだろう。私には見当もつかなかった。

「半世紀ほど前に起こったアメリカの事件なのですが、ウィリアム・ハイレンズという男が女性宅に侵入して未亡人を惨殺するという事件がありました。殺害したあと、彼は口紅を使って、『For heavens sake catch me before I kill more. I cannot control myself.』と壁に書いたのです」

『頼むからまた誰か殺さないうちに僕を捕まえてくれ。僕は自分を抑えきれない』というような意味だと笠原が説明してくれる。ウィリアム・ハイレンズ、通称リップスティックキラーだ。有名な事例だから私でも知っていた。

「私は彼に共感し、同情します」

笠原の苦しみを、私だけが理解してあげられる。でも理解してあげられるだけで、その先には何もない。

だからせめて、除霊だけでもしてあげたかった。

私は手を伸ばして、笠原の頬にそっと触れる。念を送り、笠原の内部にある黒い何かを、私の内部へと連れてくる。腹の底が、ずしりと重くなった。

「……終わったわ」

「煌香さん……そんな弱った体で、無理をしないでください」

笠原が私の手を引き寄せた。自然、私の体が笠原の胸に収まる。

初めて笠原に抱きしめられた。嬉しかった。でもすぐに私の体は、恐怖によって震え出す。

笠原もまた震えていた。私をようやく抱きしめることができた喜びと、血を吸いたい衝動によって。

「んっ……」

笠原が私の首筋に舌を這《は》わせる。不覚にも気持ち良いと思った。首の動脈を伝って、快感が全身に流れていく。

「煌香さん」

「うん」

「私を突き放してください。私は自分を保てません」

「でも」

「早く」

かつて日本で心中ブームがあったことを、今の私は心底から理解できる。身分の違いなどで結ばれない男女が、永遠の愛を手に入れるために一緒に死ぬ——その尊さ、美しさを、今の私は欲している。笠原が血を飲み、昂ぶったものを私に挿《い》れて欲しい。でもそんなことをしたら、笠原は私の子宮を介して直接呪いに触れてしまい、死に至る。私は私で、血を飲み尽くされて死に至るだろう。だが、その瞬間より幸せなことは、この先の人生でないと思えた。

それでも私は、笠原を突き放した。私は即座に背を向けて、「除霊は終わったから、早く帰って」と冷たく言った。

瞬《また》く間に肥大した私の心中願望を壊したのは、菜々里の存在だった。

私は菜々里を残したままでは死ねない。

せめて夏休みが終わるまでは、私は生きなければならないのだ。

「私はいつか煌香さんを殺すでしょう」

そう呟《つぶや》き、笠原は私の前から姿を消した。

後に残ったのは、降り止む気配のない雨音だけだった。

◇　◇　◇

昨晩は笠原を除霊したあと、重い体をなんとか引き摺《ず》り鬼狐の間まで辿《たど》り着いたが、鬼狐様の前で座布団を枕にし、すっかり眠ってしまっていた。さすがにただ寝ているだけでは浄化はされず、おかげでお腹《なか》はまだずしりと重かった。

笠原に憑いていたものが、私の中にまだ残っている。

「うっ」

吐き気を覚えて、私は洗面所へと走った。黄色い胃液だけが、陶器のシンクにぴしゃぴしゃと垂れた。

「煌香、大丈夫？」

背後から菜々里の声がした。私は振り向くことができず、菜々里を手で追い払った。

「なにか仮面、持って来ようか？」

と、察しの良い菜々里が気を使ってくれる。

「うん、客間に置いてあるから、お願い」

「わかった、待ってて」

菜々里の足音が遠ざかって、そしてすぐに戻ってきた。昨晩笠原の除霊の際に置きっぱなしにしてあった、鬼狐の面を差し出される。

「煌香……」

「大丈夫。心配しないで」

「……じゃあ私、外で待ってる」

菜々里が洗面所のドアを閉めたのを耳で確認してから、改めて私は鏡に映る自分の姿を眺めた。いつにも増して憂鬱そうな顔をしている。まるで呪われてるみたいだった。


「また雨だー」

と窓の外を眺め憂う菜々里を横目に、私はカレーを食べ終わった食器を洗っていた。黄色い泡をまとった食器が水に流され綺麗《きれい》になると、どういうわけか安堵《あんど》した。私の体も、こんな風に早く綺麗になって欲しいと思う。

菜々里はたくさん食べたが、私は食欲がまったく湧かず、ほとんど食べ残したパンを庭に放り投げた。

「これじゃあ外に遊びに行けないじゃん。ゲームとかないの？」

「タブレットならあるけど」

「借りてもいい？」

「私の部屋の机の上にある」

私が言うなり菜々里は部屋を出て、そしてすぐにタブレット片手に戻ってきた。

「なんだよ煌香、こんな楽しいもの持ってたんじゃん」

別に隠してたわけではないのだが。

「それにしても煌香、ご飯もほとんど食べてないし、もしかしてまだお姉ちゃんのこと気にしてるの？」

「ううん。今日は単純に、体調悪いの」

「あ、そういうことか。じゃあほら、横になってなよ」と菜々里が座布団を折ってくれる。

私はどちらかというと、ここで横になるよりも鬼狐の間に行って浄化をしたいのだが、菜々里に一緒に来られては困る。結局私は横になった。

「あの猫ちゃん、こんな雨の中大丈夫かな」

菜々里には、猫は窓を開けた隙に逃げてしまったと説明してあった。

「大丈夫よ。元々野良猫なんだから」

「そうだけど……」

物憂げな菜々里のためにも明日は晴れて欲しい。もし晴れたのなら、菜々里と一緒に虫捕りへ出かけてやってもいい。もちろん家の敷地内での話だが。この屋敷は無駄に広いから、家の周りをぐるりと回るだけでも相当な時間が必要になるだろう。

菜々里は私のすぐ横に寝転んだ。ずっとこのゲームやりたかったんだよねえ、とアイドルユニットを育成するゲームをダウンロードしはじめる。私は菜々里が操作するタブレットの画面をうつらうつらとしながら見ていたのだが——はっとして目が覚めた。

上体を起こして耳を澄ませる。

——ガンガン、ガンガン。

玄関の戸を誰かが叩いている。その叩き方に覚えのあった私は、思わず居留守を使おうかと考えてしまった。

『開けろ！　さっさと開けろ！』

玄関から居間まではそれなりの距離があるというのに、その声は拡声器を通しているかのようによく通った。玄関には最新のインターフォンがついているというのに、矢庭に現れた来訪者は乱暴にドアを叩き続けている。

私が仕方なく立ち上がると、裾がくんと引かれて蹈鞴《たたら》を踏んだ。菜々里が不安げな表情を浮かべつつ、私の裾を強く摑《つか》んでいた。

「心配しないで」

言ってから、私は午前中にも同じセリフを言っていたことを思い出した。菜々里のためを思ってここへ連れてきたのに、逆に心配をかけてばかりだ。もっと菜々里を安心した環境で過ごさせてやりたいのに、次から次へと問題が起きてしまう。

せめて明日は晴れてくれたら。私は空を睨みつける。

◇　◇　◇

派手な紫色の着物、それに金髪が玄関戸のガラス越しに見えていた。そいつは私を怪異呼ばわりし、物置に住まわせ、僅か十二歳だった私にこの屋敷での自活を強制した私の後見人で、私が世界で一番嫌いな人物だ。

「いつまで待たせるんだよ。この盆暗が」

齢、七十近い婆さんだというのに背筋はしゃっきりと伸び、三白眼から発せられる眼光は、年を経てなお威圧的だ。傘も払わず、滴る露も意に介さず、潮崎は上がり框《かまち》に足をかけた。

「何でお前、鬼狐様の面をつけてんだよ。除霊のとき以外はつけるんじゃないよ。このバチ当たりが」

そう吐き捨て、廊下をずかずかと歩きはじめる。

「何しに来たの」

「あぁ？」振り返る潮崎が、獰猛《どうもう》な眼で私を睨みつける。「莉唯のことに決まってるだろうが」

「莉唯に何かあったの？」

「あったどころの話じゃないんだよ！」

私に罵声を浴びせ、再び床を踏み鳴らして廊下を直進した潮崎は、居間の襖を開けるなり、数秒の間硬直した。

「誰だこのガキ！　なんでここにガキがいるんだよ！」

「やめて。どうしてそう、大きな声を出すのよ」

菜々里は座布団を胸に抱きしめ、今にも泣き出しそうな顔で私と潮崎の顔を交互に見上げた。潮崎は事情を説明しろ、というように顎をしゃくった。

「この子は今、事情があって預かってるの」

「その事情をさっさと説明しろって言ってんだよ！」

「どうしていちいち怒鳴るの！　菜々里が怖がってるじゃない！　いい加減にして!!」

私の反駁《はんばく》が意外だったのか潮崎は眉をぴくりと動かしたが、そのまませせら笑った。

「子どもまで預かって、育児ごっことは精が出るね。怪異のくせに」

潮崎の気性と機嫌が悪いのはいつものことだが、いつにも増して険を含んでいた。

潮崎がテーブルを前にして腰を下ろすと、菜々里が足早に私の元へとやって来た。私の背中にひっつき、強く私の手を握る。

「菜々里、あんたは部屋に戻ってて」

「でも……」

「大丈夫。こんなやつ、全然怖くないから」

どうするか逡巡《しゅんじゅん》した様子の菜々里だったが、やがて私の手から離れていった。

私は改めて潮崎と向かい合い、仮面を外す。潮崎はタバコを口にくわえて、目を眇《すが》めながら火をつけた。

「莉唯のやつ、急に霊能者をやめるって言い出したんだよ。二日前に」

「二日前の……何時頃？」

夜の十時だと潮崎は答えた。その時間は、ちょうど私と莉唯が言い争いをする直前くらいだった。

「師匠の顔に泥を塗るつもりかって怒鳴り散らしたよ。恩を仇《あだ》で返すのかって」

「莉唯はなんて言ってたの？」

「お前なんかに恩をもらったつもりはないってよ。耳を疑ったね。目の見えないあの子をずっと家に住まわして、仕事まで与えてやったっていうのに、さ」

潮崎のことは死ぬほど嫌いだが、怒るのも無理はないと思った。いや、潮崎は怒っているというよりも悲しんでいるように思えた。しかし自分が悲しんでいることを受け入れたくないから、怒りで隠している。潮崎の声が一瞬、泣いたように震えたのがわかってしまった。

「あいつにどれだけの才能があろうとも、盲目だということには変わりない。たった一人で、それも地元を離れた場所で生きていくなんて簡単なことじゃない。そんなことはあいつだってわかってるだろう。だから煌香のところにでも転がり込むつもりなんだと思ってたんだよ。今日の朝まではな」

潮崎は辺りをきょろきょろと見渡して、部屋の隅に置いてあった香炉に手をかけた。蓋を開けて、その中にタバコの灰を落とす。

「お前は、莉唯の過去をどこまで知ってる？」

「両親に捨てられて、親戚の家をたらい回しにされたってこと。そこでヒドい虐待されたって聞いてるけど……」

「莉唯が小学生の頃に預けられていたのは、莉唯の父親の弟の家と、そしてその弟の嫁の実家だ。その家がどっちも、今日未明に全焼した。不審火――いや狐火によってな」

「え」

「どっちの家からも家族全員ぶんの死体が出た。身元もわからないくらいに丸焦げさ。ようするに、恐れていたことがついに起こってしまったんだよ。お前も知ってのとおり、あの子は神から才能を与えられた存在だ。あの子が本気で呪術を操ったら……」

「たくさんの人が死んでしまう」

　いつか潮崎が言った言葉を私は強く覚えていた。

「実際にことが起こってみると莉唯のヤツは本当に天才だったんだって思うよ。あいつはバケモノだ」

　だが、と潮崎は言う。

「どうして急に、莉唯のヤツが爆発しちまったのかがわからない。あいつだってもう二十六歳だ。もう過去に折り合いをつけてたと私は思ってたんだけどねえ？」

　心を覗《のぞ》き込んでくるかのような三白眼で睥睨《へいげい》されて、私は思わず唾を飲み込んだ。

「実は、つい数日前まで莉唯がここにいたの」

「そんなことはわかってる。それで、何が原因で莉唯が暴走しはじめたんだ」

「私に、男がいるってことが気に食わなかったみたい」

「お前、男がいるのか」

　私が頷くと、潮崎は小さく舌打ちをした。

「莉唯は虐待のせいで男をヒドく嫌ってる。残酷で、汚らしいもんだってな」

「そうなの？」

「アイツがこの世で一番嫌いなものが男だ」

「でも、莉唯は私が好きな人がいるって言ったときに、喜んでくれた」

「呪われた顔を持って生まれてきたお前に、恋なんてできやしないとタカを括《くく》ってたんだろう。しかし、お前に男がいただけで、莉唯がそこまで怒るとは思えない」

「なら別の理由が考えられるってこと？」

「お前、何か隠し事してるんじゃないか？」

「え？　ないよ」

と答えたものの、何か心に引っかかるものがあった。

「……仮に私が隠し事をしていたとしても、さすがの莉唯だって私の心の中は覗けないでしょ？」

「どうだろうな。私でも莉唯は手に負えなかったからな」

潮崎は喉を鳴らすようにしてため息をついた。

「おい」

「え？」

「茶も出せないのかお前は」

私は立ち上がり、戸棚から急須を取り出した。

『本当にご迷惑おかけしています。本当にすみません。すべて私の責任でございます』

お湯が湧くまでの間、潮崎は代わる代わる誰かに電話し、謝罪の言葉を繰り返した。莉唯の暴走がこの業界にどれだけ影響を与えているかわからないが、弟子の尻拭いに潮崎が奔走していることはわかった。

お茶を注いだ湯のみを潮崎の前に置くと、潮崎は電話を懐に入れて、重々しくため息をついた。

「理由ははっきりとしないが、莉唯がお前にキバを剝いたってことは、莉唯の怒りは本物だな。行きすぎた悪ふざけなんかじゃない。あいつはどんなことがあっても、お前だけはかわいがっていたから」

潮崎はお茶をひと口啜《すす》って、

「これから話すことは、平成十二年の七月のことだ」

と重々しく口を開いた。

平成十二年？

私は指を数えて計算してみる。

「十九年も前のこと？」

「そうだ」

十九年前の七月。一人の男が酌霧坂を訪れた。

「男の名は柏木耀《かしわぎよう》。莉唯の父親だよ。莉唯の父親は製薬会社で働いてて、この日は医者との接待で料亭を訪れていた」

小雨がぱらつく夜だった。タクシーに乗り込んだ先方を見送ったあと、男は一人、駅方面に向かって歩きはじめた。

「男は小料理屋の前で、橙色《だいだいいろ》の夏塩沢《なつしおざわ》を纏《まと》う女と出会った」

女は雨が降る空を見上げていた。風に優しく揺れるみたいに、ゆったりとした動作が、男の心を捉えた。

「それが……莉唯のお母さんってこと？」

「計算もできないのかお前は。十九年前だと言ってるだろ」と潮崎は口をほとんど動かさずに答えた。「まあ話を最後まで聞け」

どこかの店の女なのだろうと男は思った。きっと小料理屋の前で客と待ち合わせでもしているのだろう。だったら自分が声をかけるべきではない。そう自分を納得させてその場を通りすぎようと思ったが、独特の、悠々とした女の立ち居振る舞いがあまりに優艶で、息を飲み、雨を忘れ、そのまましばらく立ち尽くしてしまった。

「だが男には女に声をかけられない事情があった」

男には家庭があった。愛する妻と、愛する娘がいた。

「娘って、莉唯のことよね？」

問うと、潮崎は表情を変えずに頷いた。

「生まれつき目の見えない娘の介護と、仕事に男は毎日追われていた。必死に、生きていたんだ。真面目な男だったから、とにかく家族のために頑張り続けていたんだよ……その女に会うまでは」

娘がその年から特別支援学校に通いはじめると、男はようやく、心に余裕を感じるようになった。だから油断が、浮ついた心があったのかもしれない。それとも、これまで頑張ってきた自分は少しの罪なら許されるとでも思ったのか。男は女に声をかけた。

「女も愛想良く応じた」

その日のうちに、二人は肉体関係を結んだ。

私はここまでの話を聞いて、女の人の正体に確信を持った。酌霧坂が舞台ということも、十九年前だということも、すべて辻褄《つじつま》が合っていた。

「その女の人って、私のお母さんなの？」

「ああ」

潮崎が頷くと、なんとも言えない感情が私を支配した。

この先のことはおおよそ見当がつく。きっと私のお母さんは、莉唯のお父さんの子を身籠ってしまったのだろう。

そうだとしたら――。

「私と莉唯は……本当の姉妹だったの？」

「そういうことだ」

それを素直に嬉しいと思えないのは、莉唯の家庭が崩壊してしまったのは、私のお母さんのせいだからだ。その母の子である私を、莉唯はずっと昔から恨んでいたのではないか。

「だけど莉唯はお前のことを本当にかわいがっていた」

わからない。莉唯が私をかわいがってくれた理由が。私は莉唯に、本来なら恨まれるべき人間なのに。

「恨むどころか、あの子はずっとお前に罪の意識を感じていた」

「なんで莉唯がそんなことを感じなきゃいけないの？」

潮崎は眉間に皺《しわ》を寄せてため息をついたあと、私の顔を指さした。

「お前のその顔は、莉唯が呪術を使ったからだ。猫の怨念を使役してな」

言葉を失っていると、潮崎はさらに衝撃の事実を口にした。

「バケモノを産んだことが原因で、お前の母親は、莉唯の父親に首を絞められて殺されたんだ」

◇　◇　◇

潮崎が帰ったあとも、私はしばらく放心状態で、立ち上がることさえもできなかった。ただでさえ体の調子が悪いというのに。

潮崎はこれから、莉唯のことを見つけ出して、刺し違えてもいいから地獄に送ると息巻いていた。それが曲がりなりにも師匠である潮崎の、最後の意地でもあるという。

「煌香、大丈夫？」

部屋に戻ると菜々里がすぐに私に駆け寄って来た。

「横になってたほうがいいよ」

菜々里が布団を敷いてくれる。私はすぐにでも横になりたかったが、そうするわけにはいかなかった。

「菜々里ごめん、別の部屋で寝るよ」

「え、あ、そう……」

「別に菜々里がイヤってわけじゃないのよ。むしろ、今は菜々里に一緒にいて欲しいくらい。けど、どうしてもそうできない事情があるの」

「……わかった」

「ごめんね。体調が戻ったら一緒に遊ぼう」

「うん……」

菜々里は笑顔を見せてくれなかった。なんだか菜々里の笑顔を無性に見たかったのに。

私は部屋をあとにして、体を引き摺るようにして鬼狐の間に急いだ。錠前を外して、窓のない、石の壁に囲まれた空間に身を置く。菜々里が入ってこないように内鍵をかけてから、祭壇の前に正座した。そうしてマッチを擦《す》ると、私の前に大きな岩が浮かび上がった。

蝋燭《ろうそく》に火を灯《とも》し、目をつむって心を落ち着かせる。

祝詞《のりと》を奏上すると、ざわざわと肌が粟立《あわだ》ちはじめ、すぐ目の前に鬼狐様がいるような錯覚を覚えた。獰猛に目を見開き、真っ赤な歯茎に、鋭い牙が青白く光る狐の鬼。私が抱く鬼狐様のイメージはそんなところだ。

すぐに腹の底がムズムズとしはじめる。子宮がうずく感覚がするのは、宮奈《みやな》家の頭首が絶対に女でなければならない理由でもある。

宮奈家の女は、呪いや憑き物、そういった異物を子宮に取り込むことで除霊を行う。

そしてそれこそが、私が獣の目を持って生まれた原因だった。

十九年前、潮崎は、お母さんが私を宿したことを知るや、莉唯の実家へ怒鳴り込んだ。

莉唯の母親は元々虚弱体質だったらしく、かなり無理をして莉唯の介護に努めていた。それなのに夫が裏切ったと知り、緊張の糸がぷっつりと切れた。

莉唯の母は思い悩み、その挙句に重い精神病を患った。とても障害がある子どもを育てられないと判断されてしまったがために、皮肉にも父親が莉唯の親権を得たのだった。

当時七歳だった莉唯は、あの真面目だった父親が浮気したとはとても思えなかった。きっと女のほうが誑《たぶら》かしたに違いない——そう思い込んだ。だから強く女を恨んだ。呪うくらいに強く。

莉唯がかけた呪いが行きつく場所は、宮奈家の特性上、お母さんの子宮の中だった。そして当時、その子宮には他ならない私がいたのだ。

「…………」

もういい加減泣くのをやめて、鬼狐の間から出ることにしよう。どんなに願ったところで、無駄な行いだと受け入れなければいけなかった。

「……これも莉唯の仕業なの？」

笠原から除霊したモノが、どうわけか体から出て行こうとしなかった。

◇　◇　◇

なぜ急に鬼狐様が浄化をしてくれなくなったのかはわからない。きっと莉唯が関係しているのだろう。なんらかの方法で私と鬼狐様の間を阻害している。

私が虚脱したまま部屋に戻ると、何も言わずに菜々里が抱きついてきた。菜々里の背後にある壁掛け時計は五時過ぎを示している。外は明るいままだった。私が鬼狐の間に入ったのは昼の三時だったから——その間に一度太陽が落ち、そして昇ってきたということになる。菜々里が心配するのも無理はない。

「煌香、全然出てこないからすっごく心配したんだよ」

「ごめん……お腹減ったでしょ」

思えば、菜々里がこの家に来てから私は謝ってばかりだ。菜々里を助けてあげたい思ってここへ連れて来たのに、余計菜々里を不幸にしてしまった気がして、可哀想でならなかった。

「悪いんだけど……菜々里、明日お家に帰ろう」

それが菜々里にとって、今の時点では一番良いと思った。

「いやだ！　絶対にそんなのいや‼」

予期しなかった強い反発に驚いて、私はしばらく呆然《ぼうぜん》としてしまった。

「夏休みが終わるまで煌香はここにいても良いって言ったじゃん！」

「そうなんだけど、菜々里の面倒を見るくらいの余裕がちょっと今の私にはないの」

「私は自分のことは自分でできるもん！　煌香に迷惑はかけないから！」

きゅぅっと喉が鳴いて、菜々里の瞳が静かに震えた。それだけの強い意思でここにとどまりたいのなら好きにさせてあげたい。だが、事情が事情なのだ。おそらく私はこの呪いの浄化に失敗して死んでしまう。それが原因で菜々里を傷つけたくない。

だから私は鬼になる必要があった。

「うっさいわね。出てけって言ってんのよ」

泣く、と思った。私を強く怨むと思った。だが菜々里は私の言葉を黙って飲み込み、まるで私に同情するみたいに弱々しく瞬きした。

「煌香、泣いてる」

まるで莉唯みたいなことを言う、と思った。仮面の下の私の顔を、まるで見えているかのように言うところが。

だけど実際はそうじゃなかった。自分が単純なミスをしていることに気づき、私は顔を手で覆った。

「私の顔を見て、菜々里はなんとも思わないの？」

「本当のことを言うと、ちょっとだけ怖い。けど、私はそんなことより、煌香が嘘をついてまで私をここから追いだそうとしてることのほうが怖いよ。ねえ、いったい煌香の身に何が起きてるの？　私じゃ煌香のために何もできないの？」

私を見つめる強い眼差し。菜々里はなぜ私を、こんなにも真っ直ぐな目で見ることができるのだろう。

「私、煌香が優しい人だって知ってる。猫のことも、私のことも助けてくれたから。だから煌香が今、私に嘘をついてることがわかるよ」

「悪いけど、それは違う。菜々里には黙ってたけど、あの猫、私が追い出したんだよ。私は菜々里が思ってるような、良い人間じゃない」

「ううん、煌香は自分が良い人でいることに耐えられないだけだよ。私には事情がわからないけど、煌香はたくさんの理不尽な不幸を背負ってる。煌香は理不尽な不幸を受け入れるために、自分は悪い人間だって、自分に言い聞かせて生きてる」

「……やめて」

私の仮面の中を、覗かないで欲しい。

自分は悪い人間だからこんなヒドい人生なんだ——って、そう思ってないと生きていけない。この世の理不尽に耐えられない。

「煌香が昨日の朝、庭にパンを捨ててたのを私は見たよ。あれ、ノラのためでしょ？」

「違う。食欲がなかっただけ」

「煌香……」

菜々里はメソメソと泣き出した。

「ノラはきっと、煌香の気持ちや、辛《つら》さがわかってたんだと思う。だから出ていったんだよ。煌香をいい人にさせないために、大雨の中を出ていったんだ」

菜々里はしゃくり上げ、大粒の涙を流した。

「煌香もノラも、優しすぎるんだよ……」

◇　◇　◇

体調は悪化の一途を辿った。

何度か浄化を試みたものの、やはり鬼狐様は私を助けてくれない。

時折、まるで子宮が無理矢理剝がされるかのような痛みが襲った。死に値するだけの痛みだけあって、死んだほうがマシだと何度も叫び、もんどり返った。

そんな私に、菜々里は冷たくしぼったタオルで顔を拭いてくれたり、お腹を擦ってくれたり、一時も離れず看病してくれた。

「煌香、落ち着いた？」

「……だいぶね。ありがとう」

私は手を伸ばして、財布を菜々里に手渡した。

「買い物に出てくれない？」

「うん、何を買ってくればいいの？」

「どうしてもメロンが食べたいの。あとは菜々里の晩ご飯。カレーだけじゃ飽きたでしょ？　なんでも好きなの、買ってきてもいいから」

「私、煌香のカレー大好き。さっさと治してさ、一緒にカレー作ろうよ」

「そうね」

「じゃあ、行ってくるね」

布団の中から菜々里に手を振る。それから私は暫《しばら》く天井を見つめたあと、スマホを手に取った。笠原には莉唯の捜索を頼んであるが、何の報告もなかった。さすがの笠原でも、莉唯の消息を摑むのは困難なのだろう。

だから私は、自ら行動に出ることにした。

『はい、もしもし。相澤《あいざわ》ですが』

相澤時生《ときお》は『ある人物』から、猫の霊を使役する方法を聞いたと言った。そしてその人物を、笠原は莉唯だと予想した。

「久しぶりね。覚えてるかしら。呪い代行師の宮奈煌香よ。先日はウチの猫をどうもありがとう」

『……』

何も答えないが、相澤時生が唾を飲み込む音が微《かす》かに聞こえた。

「今日はちょっと聞きたいことがあって電話したのだけど」

『俺は何も答えるつもりはない』

「あら。そんな態度で良いと思ってるの？」

と私は脅してみたが、相澤時生は慌てる様子を見せなかった。

「私だって呪いを操れるのよ。もしかしたら、あの人よりも上手かもしれないわね」

と私は莉唯の影をチラつかせてみる。

「ところであの人……いえ、莉唯は今どこにいるの？」

私は意を決して、その名前を口にした。

「もう一度言うわ。莉唯はどこ」

『俺は知らん。本当だ。お前と一緒に車に乗ったのを最後に、俺は一度も会っていない』

わかってはいたが、すんなりと莉唯の名前を受け入れられて、胸の奥が潰されたように痛くなった。

『もし知っていたとしても俺は何も答えるつもりはない』

「報復を恐れているのね？」

『そうだ』

「どんなことでも良いの。莉唯のことを教えて欲しい」

相澤時生が再び黙る。しばらく返答を待っていると、唐突に電話が切れた。

「……なによ」

相澤時生は莉唯の呪術を間近で見て、その恐ろしさを直《じか》に知っているのだろう。すっかり怖気《おじけ》づいた様子で、とても協力が期待できそうもなかった。

このままでは、私よりも先に潮崎が莉唯を見つけてしまう。潮崎は全総力を上げて莉唯を探しだし、そして殺すつもりでいる。もしそうなれば、或いは私は助かるのかもしれないが、そんなことは望んでいない。私はあの、優しかった莉唯に戻って欲しいだけなのだから――。

「……ん？」

そのとき、スマホに着信があった。私はすぐにスマホを耳に押し当てた。相澤時生の折り返しか、もしくは笠原だと思ったが、電話の主は潮崎だった。何か進展があったのかもしれない。

「どうしたの？　潮崎」

風が強いところにいるのか、ごぅごぅと雑音ばかりが聞こえる。

「ねえ潮崎、こっちの声聞こえてる？」

相変わらず雑音だけが繰り返される。一度電話を切ろうかと電源ボタンに手をかけた――そのときだった。

『これ以上あの子には関わるな‼　そこから逃げろ‼』

突然の絶叫。それも電話の近くで発せられたというより、雑音に紛れて聞こえたような、くぐもった叫び声だった。

「潮崎‼　いったい何があったの⁉」

潮崎からの返答はない。その代わりに、強烈なクラクションの音と、急ハンドルを切ったかのような甲高い音が聞こえてきた。

潮崎の車が制御不能に陥っている。そんな様子が想像できた。

『地獄箱を――』

「え？　なに？」

『地獄箱を開け――』

――ぎゃぁあああ!!

そんな叫びを最後に、耳をつんざくような轟音《ごうおん》が響いた。

「潮崎!?　ちょっと……!」

そこで通話が途切れる。

私はすぐに掛け直したが――ダメだ、繋がらない。

「嘘でしょ……」

これ以上、莉唯に関わるなとでも言うような警告と、そして絶叫。潮崎の身に何かが起こったことは明らかだった。

「莉唯……なんてことを……」

曲りなりにも私たちは潮崎に育ててもらった。私は潮崎のことは好きではなかったが、それでも少なからず感謝の気持ちがあった。いつか恩返しをしなければいけないとも思っていた。それなのに、莉唯はそんなことを微塵《みじん》も思ってなかったのか。

潮崎は私の家に来ると、お母さんの部屋に入って着物を物色し、『莉唯にあげるよ』といつもの鬼の顔を忘れて、楽しそうに着物を選んでいたのを思い出す。『あの子は美人だからねえ、かわいいのを着せてやりたいじゃないか』

「潮崎……」

喉の奥が、火を飲み込んだかのように痛い。悲しみが私の胸を満たして、むせ返るほど苦しかった。そうして涙をすべて飲み込んだあと、私の胸に残っていたのは悲しみではなく、恐怖だった。

莉唯は人間じゃない。

――鬼だ。

私はすぐに笠原へと電話をかけた。

『どうなさいました？』

「今すぐ莉唯を探すのをやめて！」

『何かご都合が悪いのですか？』

「これ以上関わっちゃダメ！　逃げて！」

このままでは全員、莉唯に殺されてしまう。

「……うぅ」

再び、激しい痛みがぶり返した。

遠のく意識の中で、私は潮崎の最後の言葉を思い出す。

『地獄箱を開け――』

自然、十二歳の頃の、あの出来事がフラッシュバックする。地獄へと繋がるという謎の金庫。あれが潮崎の言う地獄箱なのではないだろうか。

だけど、潮崎が私に何を伝えたかったのか、最後まで聞き取ることができなかった。潮崎は、地獄箱と呼ばれるものを私に開けて欲しいのか、開けて欲しくないのか――。

意識が遠ざかってゆく。

『あぁあああ……!!』

幻覚か、それとも私の古い記憶か、もしくは私自身が発した声か。暗闇の中から叫び声がした。

第三章　刀怪憑酌《とうかいひょうしゃく》

時間の感覚を失うと同時に、私は自我をも手放してしまいそうになっていた。目が覚めてからの数秒、ここはどこで、自分が誰なのかがわからなくなった。

死とは、そういうものなのだろうか。現世から離脱するというのは、魂を白紙に戻すようなものなのかもしれない。白紙に戻せないのは、きっと誰かを呪っているとき。しがみつくように、誰かの魂に寄生する。

「………………ん？」

すぐ近くにぬくもりを感じる。菜々里《なな り》が私にぴったりと背中をくっつけて、キラキラと輝くカードを眺めていた。きっと私があげたお小遣いで買ってきたのだろう。かわいい女の子のイラストが描かれたそれの束を、一枚めくってはじっと見つめるということを、飽きもせずに繰り返していた。

「菜々里」

「あ、煌香《こうこ》……大丈夫？」

「うん……ありがと。ごはん食べた？」

「うん、とんかつ弁当を食べた」

「私も食べたかったな」

「ちゃんと煌香のぶんもあるよ」

「そう。じゃあ、明日食べようかな」

「悪くならなきゃいいね」

私の体が？　それともお弁当が？　まあどっちにしろ、今より良くなることはない。

「私、煌香が作るカレーが食べたいな。煌香の作るカレー、好きだよ」

「ありがとう」

今日の私は、ずいぶんと体調が良かった。菜々里と会話をするだけの余裕がある。

「……ねえ煌香、あの開かずの間にはいったい何があるの？」

開かずの間。それは鬼狐《きこ》の間のことだろう。

「中から煌香の苦しそうな声が聞こえてきたんだけど、鍵がかかって入れなかった」

「勝手に歩き回っちゃダメじゃない。あそこには狐が——鬼になった狐がいるのよ」

「どうして狐は鬼になっちゃったの？」

「私の先祖が悪いことをしたから」

「怒らせたんだ」

「そういうことね」

「もしかして……煌香の目って、それと関係ある？」

「直接原因があるわけじゃないけど、関係はあるよ」

と私が答えると、菜々里は私の目をじっと見つめた。

「煌香の目……仮面をつけて生活しなきゃいけないほどじゃないと私は思うよ。そりゃあ、そのまま外に出たら気味悪がられるかもしれないけど、いまって色んなコンタクトレンズとかあるじゃん？　動画で観《み》たことあるんだけど、映画の特殊メイクに使われるコンタクトとかなら、煌香の目を隠せると思うよ。そうしたら、普通の生活ができるんじゃないの？　仮面じゃなくても、サングラスだってあるじゃん」

「そうね。菜々里の言うとおりよ」

精神が衰弱しているからだろうか、私は何も取り繕わずに、素直な気持ちで答えた。

「仮面をつけずに、十九歳相応の生活がしたい。お洒落《しゃれ》をしたり、友達と遊んだり、普通の恋をしたり……。特殊なコンタクトレンズをつければ、もしかしたらその願いは叶《かな》うのかもしれないけど、私が人と関わりを持つことは、大きなリスクがあるのよ」

ほんの小さな呪いや憑《つ》き物でも、私は返すことができない。

「私の仮面は、他人に顔を見せない役割より、他者との関わりを避けるための役割のほうが大きいんだ」

仮面をつけてる奇妙な人間なんて、誰も関わろうとしないから。

「……どうしてそんなに人を避けなきゃいけないの？」

「話すと長くなるよ。それに……悲しい話なんだ」

私の先祖が犯した罪はあまりにも深い。

「聞かせてよ、その話」

「うん……」

菜々里に何もしてあげられていないことを、申し訳なく思う私は、せめて菜々里の小さな願いだけでも、叶えてあげようと思った。

今から私が話すのは、一匹の狐が鬼へ変貌する話。なるべく菜々里を怖がらせないよう、昔話を語る口調で喋《しゃべ》ることにした。

「昔々あるところに、一匹のメス狐がいました」

「女の子ね」

「人々から好物の油揚げをもらえるので、狐は人間に懐くようになりました」

「それ、この前話してたことだよね。稲を守るために油揚げを撒《ま》いてたって話」

「そう。この狐は人々と生活していくうちに言葉を覚え、ついには妖狐《ようこ》となったのです」

「妖狐って、妖怪？」

「そうだね。妖怪とか、怪異とか、そんな風に呼ばれる存在だよ」

「怪異って、本当にこの世界にいるの？　私、こういう言葉聞いたことあるよ。『幽霊の正体見たり枯れ尾花』って」

「うん、幽霊や怪異の正体は、多くが人の勘違い。でもね、その勘違いから、怪異は生まれるんだ。巷説《こうせつ》……噂話《うわさばなし》が原因でね」

「んー？　どういうこと？」

「昔、理由がわからない現象は、怪異のせいだとされたんだよ。たとえば雪山で遭難した人が、発見されたときには裸だった事例。凍りつくような寒さの中で、自分から服を脱ぐなんておかしいでしょ？　だから怪異——雪女が妖術で幻覚を見せて、人を惑わすと考えられたんだ」

「じゃあ雪女は、実際にいないってことだよね？」

「そこが少し難しい。菜々里の考え方は、あくまで生物的な考え方なんだよ。怪異に生物の常識は通じない。怪異への恐怖の念が束になって、実際に怪異が具現化することもあるんだよ。だからね、怪異の本質は噂話なんだ。もしかしたらこの妖狐も、田畑を守ってくれる神様として扱われたことで、怪異になったのかもね」

怪異の本質は噂話。その言葉を私に教えたのは、オカルト専門の探偵、笠原《かさはら》だった。

「じゃあ、話を妖狐に戻すよ」

「うん」

「妖狐は妖術を使って稲を守ったり、悪い物の怪を祓《はら》ってくれたので、人々にとって有難い存在でした」

「ありがたやありがや、って感じだね」

まさにそう。狐信仰だ。

「妖狐は人に化けることもできました。妖狐は人間が好きだったので、人間として生活するようになりました。ところが、人々は妖狐を神格化していましたから、一緒に生活するなど畏れ多く、たいそうな社を作って、そこに妖狐を住まわせました。妖狐のおかげで集落は毎年豊穣《ほうじょう》、流行り病にかかることもなく、みんな幸せに暮らしていました」

だけど、その幸せは長くは続かなかった。

「あるとき、村はヒドい飢饉《ききん》に見舞われました。そのうえ疫病が流行り、たくさんの人が死んでしまいます」

「え？　どうして？　妖狐さんは何をしてたの？」

「そのときの妖狐は、どういうわけか妖術を使えませんでした。というのも、妖狐はこのとき人の子を身籠もっていたのです。妖狐の持っている妖力はすべて子どもに流れてしまい、妖狐は神通力を失ってしまってしまいました」

「じゃあ、妖狐さんはただの狐に戻っちゃったの？」

ただの動物に戻っただけなら、あれほど悲劇的な結末にはならなかっただろう。

「妖狐は狐に戻ったのではなく、極々普通の、人間になってしまったのです。集落では飢えと病気でたくさんの人が死んでしまい……そんな最中に、妖狐の子供は誕生したのです」

妖狐の子供はシズクと名付けられたが、神の子として崇《あが》められるようなことはなかった。それればかりか凶事を招く不吉な存在だと、村人から迫害を受けてしまった。

「村人たちは、怒りの矛先を妖狐親子に向けました。所詮は狐だから自分たちを騙《だま》していたのではないか。人間の子どもを身籠もることだけが目的だったのではないか。そんな風に、今までの恩を忘れて、妖狐を口々に罵ったのです」

「妖狐さんは悪くないのにね」

そのとおりだ。昔から人間とは自分勝手で、残酷な生き物だ。

「ある晩、業を煮やした村の若い男が妖狐の子どもを誘拐しました。そうして妖狐に、今すぐ妖術を使って村を救わないと子を殺すと脅したのです。妖狐は必死に、自分が妖術を使えないことを説明しましたが、村人たちは言うことを聞きませんでした」

「かわいそう」

「妖狐は思います。人間とはなんて身勝手で、残酷なことをする種族なのかと。これまで自分がしてきたことはいったい何だったのかと」

「怒るのも無理ないよ」

「妖狐の怒りは臨界点を越え、血の涙を流しました。それは妖狐が、鬼になる前兆でした。

狐の鬼。鬼狐と呼ばれる存在です。恐ろしさのあまり、村人は妖狐に子供を返したのですが、妖狐の姿はみるみるうちに鬼へと変貌していきました」

「子供が戻ってきたのにどうして？」

「人間への憎悪と怒りは、あまりにも大きいものだったからです。妖狐は、まだ微《かす》かに残る自我をなんとか繋《つな》ぎ止めながら、村人たちに自分を殺してくれと懇願しました」

「どうして？」

「鬼となれば自我を失い、人間を喰《く》らい、あまつさえ自分の子どもまでも食べてしまうと考えたからです」

女性が鬼となり、自分の子供をも食べてしまうという悲劇は、日本各地に伝承されている。有名なところで言うと、『橋姫《はしひめ》』がそれだ。

「……それで、村人たちはどうしたの？」

「鬼の凶行を恐れた人々は、妖狐の言うとおりにすることにしました。その場で村の頭首が、妖狐の首を刎《は》ねたのです。この事件がきっかけで、この近辺は首切坂《くびきりざか》と呼ばれるようになりました」

後年、人々は自分たちの過ちに気づき、妖狐の命日には、その集落で収穫されたお米や、そのお米で作ったお酒をお供えするようになった。そのときにとても深い霧が出ることから、首切坂という不気味な名前は、今の酌霧坂《くみきりざか》へと変化していった。

「……ねえ、もしかして妖狐を斬った人って」

「宮奈《みやな》家のご先祖様です。首を刎ねられた妖狐は、すでに体の半分が鬼の化身となっていました。つまり、人間を愛していた心と、人間を憎む心を両方持ったまま、死んでいったのです。しかし、その妖狐の魂は消えることはありませんでした。亡くなるときに倒れた岩に宿ったのです」

「……じゃあ、今もその魂は人間たちを恨み続けてるの？」

私は首を振って、それを否定した。

「怒りに塗《まみ》れ、誰かを呪ってしまえば自分も愚かな人間と同じ——そう思った妖狐は、人々を不幸にする呪いや怨念を、死しても浄化し続けようと考えました」

「人間にヒドいことをされたのに……妖狐さんはまだ人を救おうとしているんだね」

「そうなのです。しかし妖狐の魂は岩になってしまったので、誰かが呪いを運んで来る必要がありました」

その役目を背負ったのは、村の頭首である宮奈家だった。

「それは今でも続いていて、それはきっと、宮奈家の血が途絶えるまで続いていくことでしょう。鬼狐様は、宮奈家を決して許しはしないのです」

これを、人は末代までの呪いと呼ぶ。

◇　◇　◇

生成《なまなり》――と呼ばれる仮面がある。完全な鬼の面は般若《はんにゃ》というが、鬼になりかけている状態を生成という。

莉唯《りい》がもし、まだ生成の状態なら助けられるかもしれない。だけど今すでに心を失い、『橋姫』のような完全な鬼となっているのなら、私たちはみな莉唯に殺されることだろう。

橋姫については、『平家物語《へいけ》』の異本に存在する『剣之巻《つるぎのまき》』という章に記載されている。

美しく優しい姫君が愛する男を奪われ、その恋敵《こいがたき》を殺すため、自らを鬼にして欲しいと神へ祈願する話だ。哀《あわ》れに思った神は、その願いを叶えてしまう。

鬼となった彼女は恋敵の女を殺し、愛していたはずの男を殺し、さらにはその縁者たちまでも殺し、最後には無関係の人間をも襲う悪鬼に成り果てた。

人の嫉妬とは末恐ろしい。

橋姫と同じように、嫉妬がきっかけで鬼となってしまった莉唯は、もはや生成ではないのかもしれない。虐待をした人物をみな業火で焼き払い、世話になった師匠をも葬り、そして妹である私をじわじわと殺そうとしているのだから。

ちなみに橋姫の最期は、源　頼光《みなもとのよりみつ》の郎党である渡辺綱《わたなべのつな》によって、『髭切《ひげきり》』という刀で斬られた。髭切はその後、鬼を斬ったことからかの有名な『鬼丸《おにまる》』と名前を変え、名刀として後世に名を残した。現在は御物《ぎょぶつ》として皇室の所蔵となっている。

それに対して、かつて私の先祖が鬼の首を斬った刀は、鬼狐の間の祭壇に安置されている。かつての名は首切だったが、今は酌霧と名前を変えている。先祖代々、錆《さ》びてしまわないよう手入れをして受け継がれてきたものだから、鬼を斬ることは今でも可能なのかもしれない。

私は深夜、菜々里が眠ったあとにその刀を持ち出した。

客間に向かい、加賀友禅《かがゆうぜん》の行灯《あんどん》の、微かな灯《あか》りの前で鞘《さや》から抜いてみた。

キーン、と遠くで氷塊がぶつかるような音がして、青い刀身が姿を見せた。

刀剣油を染み込ませたティッシュで丁寧に拭いていく。打ち粉で刀を叩《たた》くことはしない。ヒケ傷と呼ばれる、ごく細かい擦り傷がつくのが嫌だからだ。

正直、こんな刀でどうにかなる問題ではない。たとえ鬼を斬れるとしても、相手は姿を見せぬ鬼なのだ。それでも私が今宵この刀を手入れしたのは、一種の願掛けをしたかったからだ。

どうか私を、恐ろしい悪鬼からお守りください。

外は今日も雨だ。それに強い風も吹いている。おまけに空を破るような迅雷《じんらい》が、がらがらと降り注ぐ夜だった。台風が到来したのだろう。

刀の手入れを終わらせ、私は意を決して立ちあがる。

正体不明の金庫――地獄箱を、私はこれから開けに行くつもりだ。

開けることで何が起きるのかはわからない。だが、今は潮崎《しおざき》の言葉を信じるしかなかった。

とはいっても、一つ懸念がある。金庫なのだから、鍵や番号があるのではないか。私は鍵の在処《ありか》もわからないし、番号に見当もつかない。だがあの部屋に行けば何かわかるかもしれないし、そもそも施錠されていない可能性だってある。

なんにせよ、実際に行ってみるべきだ。

「こーこちゃん」

その声に振り返る。

「ラレコ……」

しばらく家出をしていたラレコが、いつもの調子で舌をあむあむと噛《か》んでいた。久しぶりに顔を合わせたからだろうか、索条痕はいつにも増して鮮やかに、そして痛々しげに見えた。

「こーこちゃん、どこかへ行くんですか？」

「……うん。ラレコもついて来て」

「あーい♪」

私は提灯《ちょうちん》を手に取って、およそ六年ぶりとなる屋敷の北側へと歩を進める。

真夜中とあって、私の記憶よりも屋敷の北側は恐ろしげな雰囲気が漂っていた。影が這《は》いあがってきたかのような大きな染みが壁に張りつき、砂や虫の死骸が広がって艶を失くした床は、足裏でぎちぎちと不快な音を立てる。ゆっくりとした足の歩みでは、この厭《いや》な感触をたっぷりと味わうことになり、だからなるべく早く足を動かしたいものの、自分でも思っていた以上にトラウマは重度であるらしい。体は震え、呼吸は苦しく、提灯は不安定に揺れ、巨大な影が左へ右へぞわぞわと動き回る。

『あぁあぁあぁああ……!!　苦しい……!!』

声が聞こえた途端、背骨に氷塊を押しつけられたかのような悪寒に襲われた。あの叫び声は六年前よりも凄絶《そうぜつ》さを増しているように思えた。こんなときこそラレコのくだらないお喋りが必要だったのに、ラレコは妙に静かに私の後ろをついてきている。

もう六年も前の出来事だというのに、私はあの部屋の襖《ふすま》の模様をはっきりと覚えている。桜の樹。当時はわからなかったが、あの禍々《まがまが》しく歪《ゆが》んだ桜の樹は東北のそれだった。

東北の桜の樹は、冬に大量の雪を背負うために、樹皮は厚く無骨で、禍々しく枝が歪んでしまう。それゆえに力強さを感じることもあろうが、この暗がりの中では不吉さが際立つだけだろう。

長い時間をかけ、ようやくあの部屋の前に辿り着く。提灯をゆっくりと襖にかざした私は——思わず、提灯を取り落としそうになった。

「なに……これ……」

桜が咲き乱れている——と一瞬錯覚した。寒々しいだけだったあの桜の樹に、花が咲いているように見えたのだが、実際は違う。

ベタベタと、赤い手形がつけられていた。

いったい誰が、何のために残した手形だ？　手形は私と同じくらいの大きさだ。

「……あ！」

私の古い記憶の中に、この手形の正体を紐解《ひもと》く鍵が残されていた。私がまだ潮崎の家に住んでいた頃、勝手に私を母屋に泊めた莉唯を、潮崎が部屋に閉じ込めたことがあった。そのときに使った呪術に、似ているように思えた。あのとき潮崎は手を自らの血で染めて、襖に貼り付けた。

術主は潮崎で間違いない。私の知らない間に、潮崎はこの部屋を封印していた——しかし、私は呪胎《じゅたい》によって呪術を解くことができるから、そう簡単に解けないように何重にも呪術をかけたのだろう。だから手形だらけなのだ。

私をここへ入らせないようにしていたのだから、潮崎が最後に残した言葉は『地獄箱を開けるな』だったと考えられる。

だけど、それはそれで疑問が残る。なぜ死の間際に、わざわざそんなことを口にしたのだろう？　私は端《はな》から金庫を開けるつもりはなかった。そのことは潮崎だってわかってるはず。私に金庫を開けるつもりがあるのなら、もうとっくに開いているからだ。

「開けるなでも、開けろでも、なかった？」

地獄箱がこの世と地獄を一緒にしてしまう恐ろしい代物なのだとしたら、それは究極の呪術と言える。そんな究極の呪術を生み出せるとしたら、神様に才能を与えられた莉唯しか考えられない。

つまり、この金庫を生み出したのは莉唯なのではないか。

その昔、世界を強く恨んでいた莉唯は、地獄箱を使って世界中の人間すべてを地獄に落とそうとした。だけど莉唯は潮崎との出会いがきっかけで思いとどまり、地獄箱は鬼狐院で保管することになった。

そうだとするなら、潮崎が残そうとした言葉はこうだ。

『地獄箱を開けさせるな』

「あのー」

人が考え事をしているというのに、ラレコが横から私の顔を覗《のぞ》き込んできた。

「なによ？」

「どうしてこーこちゃん、あたちの部屋に来たんですか？」

「は？」

思わずラレコを見やる。

「なに？　ここ、あんたの部屋なの？」

「あい。でも、おばさんのせいで入れなくなったんです」

ここがラレコの部屋だったことに混乱しつつも、私はラレコに訊いた。

「ねえ、この部屋にある金庫はいったい何なの？」

「あたちにはわかりません」

「なんであんたはいっつも大事なことがわかんないのよ！」思わず大きな声を上げてしまった。「あんたの部屋なんでしょう⁉」

怒鳴った直後に、私のスマホに着信があった。画面に表示された名前を見た瞬間、私は即座にスマホを耳に押し当てた。

「笠原……！」

『煌香さん』

「無事なのね⁉」

『私は無事です。しかし、心配したのは私のほうですよ。突然通話が切れたあと、全然連絡が取れなかったので』

「ごめん、すっかり連絡するのを忘れてた」

『無事ならばそれでいいのですが、心配だったので、勝手ながら煌香さんのご自宅へ向かっていたところでした』

「すぐに来て！　お願い！」

『しかし、私と煌香さんが除霊以外で会うのは、危険すぎると思います。この間のこともありますし』

「きっと大丈夫。もしも笠原が私を襲いそうなったら、刀で斬ってあげるから」

◇　◇　◇

それからほどなくして、玄関戸越しに笠原の姿が見えた。玄関の戸が開き、笠原の姿が見えた瞬間、思わず私は抱きつきそうになった。

「夜分遅くにすみません」

と頭を下げた笠原は、顔を上げるなり訝《いぶか》しむように眉間に皺《しわ》を寄せた。

「どうしたの？」

「ずいぶんと痩せてしまわれたので、驚いてしまったのです。体調がよろしくないのですか？」

「うん……。大変なことが起きてるの」

「お姉さまのことで」

「そう。とにかく、知恵を貸して欲しい」

私が知っていることを、包み隠さずにすべて話せば、笠原は何かに気づいてくれるのではないか。

とことん歪んだ人間ではあるものの、曲がりにも探偵で、なによりも私を唯一愛してくれる人なのだから。

私は笠原を客間に通した。廊下からは、憎たらしいほど陽気なラレコの歌声が聞こえていたが、笠原の耳には聞こえない。まったく気にする素振りを見せず、それよりもテーブルに置かれた刀に驚いていた。

「煌香さん、こちらの刀は？　真剣ですか？」

「紛れもなく真剣よ」

これから鬼と戦う私に、ほんの少しでも力を貸して欲しかった。

「煌香さんが知っていることを、すべて私に話してください。あなたを救えるのなら、私は鬼にだって命を捧げますよ」

「それじゃあダメ。あなただけが死んでしまったら意味がない。二人で生き残って、そして最後は二人で死んでいくことに意味があると思ってる。どうせ私たちは、いつかは勝手に死ぬんだから」

「ありがたきお言葉です」

笠原が悲しげな、弱々しい笑みを浮かべる。その表情が狂おしいほど愛《いと》しくて、私は行灯の明かりを消して、何も見ないようにした。このままでは、私は自分から笠原に首を差し出してしまいそうだったから。

「私があの刀を持ちだしたのはね、莉唯が鬼になったからなの」

「お姉さまが鬼に」

「もう、正気なんて残ってないと思う。莉唯を虐待した親戚も殺されて、凶行を止めようとした師匠も事故に遭った。いずれは私たちもきっと」

「ほんのわずかに、お姉さまに自我が残っているのなら、心を取り戻すことはできるかもしれません」

「それはおそらく無理。莉唯は、私と笠原の仲が気に食わなかったのは事実だとは思うけど、それだけじゃない。やっぱり、それだけで鬼になるような人じゃない。だから……私は別の理由で、莉唯の逆鱗《げきりん》に触れてしまったんだと思う」

「そのことに、心当たりはあるのですか？」

「――――GWよ」

潮崎は先日、私にこう訊《たず》ねた。

『お前、何か隠し事してるんじゃないか？』

そのとき私は、心に引っかかりを感じた。誰にも言えない秘密を、確かに私は持っていたから。

「山奥の診療所で笠原が殺した怪異は、絶対に殺してはいけない存在だったのかもしれない」

「あの怪異が、お姉さまに関係していた、という話ですか？」

「おそらくね」

「しかし、お姉さまが豹変されたタイミングは、私が煌香さんのもとに駆けつけた直後だったはずです」

「違うのよ。正確には、『私が莉唯に黙って、勝手な行動をした直後』だった」

「どういうことでしょうか？」

「莉唯はね、神様から才能を与えられた存在なの。人の思念を読み取ることも、できるくらいの才能よ」

おそらく莉唯は、ラレコのように肉体を持たない存在――式神を使役したのだろう。

勝手な行動をした私の真意を摑《つか》むべく、莉唯は式神を使って私の思念を読み取った。莉唯ならば、目には見えない虫のような式神を操り、私の思念を覗けたはず。

式神を通じて、莉唯はすべてを知った。私がＧＷに、笠原とともに診療所の怪異を殺したことを。

「私たちは取り返しのつかないことをしたんだ。謝って許してもらえることなら、初めから莉唯は鬼にはなってない。あの怪異が、莉唯とどんな関係だったかはわからないけど」

「今さらその関係を調べたところで、問題が解決できるとは思えません。ですから私が、その刀を借りて鬼を斬ります」

「……バカ言わないで。相手は本物の鬼よ」

「私だって、本物の怪異殺しです」

もとは言えば笠原が怪異を殺したせいなのに、この男が怪異殺しであることが心強かった。

莉唯を探し出し、笠原が鬼となった莉唯を殺したあとで、私は笠原とこの世を去りたいと思う。

それで宮奈家の呪いも終わる。私も、一瞬でも愛する男に抱かれる幸せを味わうことができる。私はそう思ってるのに――。

どうして笠原は、笑っているのだろう。

私にいつも見せてくれるような微笑とはまったく違う。

まるで奇妙な仮面のように、歯を見せた不気味な笑みを浮かべている。

笠原が不気味な笑みを浮かべたのは、私が行灯の明かりを消してからだった。

私の瞳には、人間には本来存在しない輝板《きばん》が存在する。だから暗闇の中でも、私には笠原の顔が見えてしまうのだ。

何かの間違いかと思い、私はしばらく笠原の素顔を眺めていた。だけど笠原は変わらず不気味な笑みを浮かべたままだ。

自然と真実が浮かび上がってくる。まるで大きな地震の直前に来る、初期微動のように私が震え出した。

『鬼さんこちら、手の鳴るほうへ♪』

廊下からラレコの歌声が聞こえてくる。

鬼。

――そう。私は最初からわかっていたはずだった。

笠原が、吸血鬼という名の鬼だと。

それなのに、私は愛される喜びに縋り、真実から目を背けていた。真実を追おうとするつもりは最初からきっとなくて、自分が信じたい未来だけを、そんなものはどこにもないのに必死で見ようとしていた。

ぼやけていた真実が、次第にはっきりと見えてくる。

あまりにも恐ろしくて残酷な、真実が。

「……笠原、一つだけ訊《き》かせて」

「ええ、なんでしょうか？」

笠原は笑みを浮かべたまま、器用にも切実そうな声を返した。

「私に答えられることであれば、どんな質問でも答えます」

「なら、笠原は莉唯のことをどう思ってる？」

「どう、と申しますと？」

「恋愛感情を抱くことはできる？」

「それは煌香さんが一番わかっているはずです。私はお姉さまには興味ありません」

「あれだけ美しいのにどうして？」

私が問うと、笠原は呆《あき》れたようにため息をついた。

「それは煌香さんも知っているでしょう？　お姉さまは確かに、世間一般でいうところの美人です。しかし私にとっては……」

「絶世の美女なんでしょう？　莉唯が——瞼《まぶた》を開けさえすれば」

私は素早く刀を抜いた。そうして切っ先を笠原の額へ向けた。

「どうか煌香さん、落ち着いてください」

後じさりして、壁に追いつめられた笠原の額に、私は刀の先端を押し込んだ。笠原の顔に血が流れ、顎から雫《しずく》がぽたりと落ちる。

「莉唯はどこにいるの」

「私は知りません」

「ラレコ！」

私が名前を呼ぶと、すぐにラレコが客間に姿を見せた。

「あーい、なんですか？」

「この男の思念を読み取れ……！」

――前に猫にやったように。

「笠原、そこを動かないで。動いたら容赦なく斬り殺すから」

「ご、ご冗談を……」

私がぐっと刀に力を込めると、ようやく笠原の表情が恐怖で引きつりはじめた。

笠原のすぐ横では、ラレコがぼうっと笠原の顔を眺めている。やがて私のほうを向き、真実を語りはじめた。私にしか聞こえない声で。

すべてを聞き終わらないうちに、私は刀を振り上げた。

「私は本当にバカだった……！　あんたに莉唯を会わせてしまった……！」

笠原にとって、莉唯の白く濁った眼球は、真珠よりも美しかったのだろう。

莉唯はいなくなった夜、待ち伏せていた笠原に襲われて――。

すでに、死んでいた。

「私の姉を怪異扱いするな！」

私は笠原の頭目掛けて刀を振り下ろしたが、刀は空を切った。

「落ち着いてください！　煌香さんは、私とお姉さま、どちらが大事なのですか⁉」

「莉唯に決まってるだろう！」

愚問も愚問だ。たかだが恋愛感情でしか繋がりのないお前と、莉唯がどうして比べられようか。

「殺してやる……！」

私の先祖も、こうやって鬼を斬ったのだろう。

刀をもう一度振り上げようとするが、病み上がりなうえに私は絶望的に筋力がない。私の隙を突いて笠原が客間を飛び出す。

「待て……っ！」

すぐに追おうとしたものの、突如《とつじょ》私の体内に激痛が走った。

「……っ」

吐き気を我慢する暇も無く、大量の血が私の手を染め上げる。

「煌香……っ‼」

物音を聞きつけて、菜々里が起きてきたらしい。吐血する私を見るなり、菜々里は飛びついてきた。

「イヤ……っ‼　煌香、しっかりして‼」

血は私の手を伝い、菜々里の背中までをも染めていく。すぐに口を拭って、平静を装い笑顔を浮かべたものの、立て続けに、逆流した水道管のように血が溢《あふ》れてきた。

私は血の中に倒れ込んだ。

意識が遠い。今なら悪夢を見ずに、安らかに眠りにつくことができそうだ。

「煌香……っ！」

「こーちゃん！」

私が除霊した、笠原に憑いていたのは莉唯の死霊だったのだろう。それを私の中に取り込んだのだから、なるほど、どうりで私から出て行かないわけだ。莉唯は自分を殺した笠原のことはもちろん、やっぱり心のどこかでは私のことを恨んでいたのだから。

なんにせよ、私は莉唯に殺される運命だったのだ。

「菜々里……ごめんね。私は、本当に菜々里を救ってあげたかったんだよ。でも、どうしてもできない。自分のことでも精一杯なのに、誰かを救うなんて、私には無理だった」

「私のことなんていいよ……っ！　お願い煌香、死なないでっ！　私にできることなら、なんだってするからっ！」

「……いいの。私のことは放っておいて」

「あの桜の襖《ふすま》の部屋を開ければいいの!?」

「……え？」

――菜々里はもっと前から起きていて、私の後を尾《つ》けてたのか？

「ダメ……！　あの襖に触れちゃ……！」

「私が狐さんに頼んでみるから！」

「鬼狐の間に入ったら呪い殺される……！　言ったでしょ、鬼狐様の半分は鬼なんだよ！」

「でも半分は神様なんでしょ？　きっと大丈夫……。私たち、こんなに不幸なんだもん。少しくらい、幸運に恵まれてもいいはずだよ……！」

「……だメ、ダ……め……」

菜々里の袂《たもと》を掴《つか》んだが、血でぬるりと滑って、私の手は力なく畳に落ちた。

◇　◇　◇

夢かうつつか、それさえもわからない。下腹部の痛みで目が覚め、痛みで気を失う。そんなことを何度も何度も繰り返す。

だけどふいに痛みが引いて、目を覚ました。

私はどれくらい客間で寝ていたのだろうか。窓の外に目をやると、まだ夜明け前だった。私が寝ていたのは一時間……いや三時間程度だろうか。

「……菜々里！」

気を失う直前のやり取りを思い出し、私は這うようにして客間を出た。壁にもたれかかりながら屋敷の北側を目指す。

「お願いだからバカな真似はやめて……！」

廊下を這い進み、私の視界にようやくあの部屋が飛び込んでくる……が、

「嘘《うそ》でしょ……」

なぜか襖が開いてた。呪術で封印されているはずの襖が。

きっと私が受胎《じゅたい》した莉唯の死霊が、菜々里に取り憑《つ》いたのだと思った。私の体から痛みが消えていることが、その証拠のような気がしてならない。

私は力を振り絞って立ちあがり、転がるように、倒れ込むようにしてあの部屋へと入った。

「やめて……！」

金庫の前に菜々里が腰を下ろしていた。やはり莉唯の死霊が取り憑いているのだろう、何の迷いもなくダイヤルを回している。

「莉唯……！　お願い……！」

必死に手を伸ばしたが、その手を払いのけられた。

菜々里が金庫のレバーに手をかける。無情にもガチャリ、と音がして、金庫の扉が口を開けた。

「あぁあああ……！」

叫び声が一際大きくなる。

それと同時に、あまりにもおぞましすぎるナニカが中から転がり出てきた。

まるで人間を、力任せに圧縮したようなもの。眼球や、耳や、指など、人を構成する部位がめちゃくちゃくちゃくに配置されたまま、塊となっている。大きさは握り拳よりも少し大きいくらいいか。その肉の塊が、悲鳴を上げていた。

「莉唯！　これはいったい何なの⁉」

「……地獄へ行った、人の魂だよ」

と、莉唯は菜々里の声で答えた。

「地獄箱。この世の中に、簡易的な地獄を生み出す箱のこと。大正時代に、悪趣味な陰陽師が罪人をとことん苦しめるために作った代物」

その説明が本当ならば、私が想像していた地獄とはまるで違っていた。だけど、それがわかったところで話が全然見えてこない。

「ぐぅっ……」

再び子宮に痛みがぶり返す。莉唯の死霊が私の元に戻ってきたらしい。

「……これって、誰の魂なの？」

「あたちの魂です」

どこからともなくラレコが現れた。

「ち、ちょっと何やって――」

何の躊躇《ちゅうちょ》もなかった。ラレコは肉の塊を手に取ると、それを丸飲みにした。その瞬間、ラレコの目の色が変わった。

いつもはどこを見ているのかわからない視線が、私を強く見据えている。仄《ほの》かな笑みを浮かべたまま。

しかし突如として私を咎《とが》めるような、険しい表情に変わった

「煌香、鬼狐の間に来なさい。急がないと、あんたもう死ぬわよ」

次第に遠ざかる意識の中で、私は謎の声だけを聞いた。

「今回の件、悪いのは全部あんたなんだよ。あんたが一番見なきゃいけないのは、己の侵した罪だ」

◇　◇　◇

蠟燭《ろうそく》の火で揺れる御神体が一瞬視界に入ったが、再び私は目を閉ざした。どうして自分が鬼狐の間にいるのかなど、そんなことはどうでもいいくらいに眠かった。睡魔に抗《あらが》うこともなく、もう一度眠りにつこうとする。

しかし突如、内部から腹を突き破られたかのような激痛を覚え、眠気どころの話ではなくなった。一瞬落ち着いたと思ったのも束の間、子宮を直接摑んで引き摺《ず》り出されている

かのような痛みに襲われる。

「煌香、我慢しな。鬼狐様があんたに憑いている死霊を外に出そうとしてくれてるんだ」

子宮が死霊ごと、ごろんと出てくるかのような感覚。しかし何度それを繰り返しても、痛みは一向に引いていかなかった。

「鬼狐様も半分は鬼だからね、最後までやってくれるかわからない。それに、たとえ死霊を外に出せたとしても、すぐにあんたのところに戻るだろうね。だから一旦、菜々里ちゃんの中にそれを入れることにするよ」

「どこの誰か知らないけど、菜々里にそんなことはしないで……っ!!」

そこら中をのたうち回る。凪《な》ぐ時間もなく、ただひたすらに激痛が続く。何度も気絶して、何度も痛みに起こされる。

そうやってもうどのくらい苦しんだかわからないが、ふっと、ぽっかりと穴が空くように、私の体から痛みが消えた瞬間があった。

私の着物が真っ赤になっている。多量の血が股から流れていたらしい。痛みの余波がいまだに血流を早めているが、体が軽くなっているのを確かに感じる。

「……菜々里？」

鬼狐の間の祭壇の前に、菜々里が仰向けになって倒れていた。菜々里に手を伸ばそうとした瞬間、風もないのに蠟燭の火が大きく揺れて——恐ろしい怒号が響き渡った。

『どうして見殺しにした……!!』

何かが菜々里に憑依したのは明らかだったが、しかし発せられた声は、菜々里の声でもなければ莉唯のものでもなかった。でもどこかで聞いたことがある声。

私が笠原を経由して受胎したものの正体は、いったいなんだったのだ。

「あなたは誰なの？」

私が恐る恐る訊《たず》ねると、菜々里が突然起き上がって、人間とは思えない動きで私の首を摑んだ。

『お前はただ、殺されてゆく私を見ているだけだった!!』

「……えっ？」

『助けてと何度も言ったのに……!!　助けようともしなかった!!』

「――あ」

ようやく、私はわかった。私に憑いていたものの正体が。

「ぐっ……」

とても子供にも女にも思えない力で首を絞められ、私の気道はみっちりと閉ざされる。

「……」

思い出したくもない、GWの出来事。あのときの私は笠原を止められなかった。恐怖に体が支配されて、泣くことしかできなかった。

あの山奥の診療所で見た怪異が、本当は人間だとわかっていた。

それなのに私は愛する人が、人を殺した事実を受け入れたくなくて、怪異だと自分に言い聞かせていた。

笠原は、怪異の本質は噂話《うわさばなし》だと言った。変に真面目な笠原は、噂話がなくては怪異だと認知できなかったのだろう。

十一年前、笠原は無人の駅に怪異が出るという噂を聞いて、そこにいた男性を殺し――、GWに、山奥の診療所に怪異が出るという噂を聞いて、そこにいた女性を殺し――、そして私から、『妖怪じみた美しさ』を持つ姉の噂を聞いて、莉唯を殺した。

結局、笠原がやってきたことは、歪んだ性的嗜好《しこう》がもたらした、ただの殺人だった。私はその事実に気づきながらも目を背けた。そして記憶から排除し、被害者が私を呪う存在として考えもしなかった。

『やっと外に出られると思ったのに！』

喉が焼けるような声だった。血のにおいが漂ってきそうなほど、痛みが私に伝わってきそうなほど、その声には切実さが込められていた。

『全部お前たちのせいで……！』

私は彼女の手をなんとか解こうと試みたが、堅い根のように喉に絡みついて剝がせない。

『私には子供の頃から体中に目のようなアザがあった……。やっと……やっと普通の生活ができると思ったのに……！』

私の首を絞める力が強くなる。苦しい――。私はバタバタと無様に手足を動かす。眼圧が上がり、今にも眼球が飛び出してきそうだった。

「――その子を殺しますか？」

暗闇から、口調は違うがラレコの声が聞こえた。

『当たり前だろ……！』

「あなたの無念は心が痛いほどにわかります。娘が、本当に申し訳ないことをしました」

――娘。

やっぱりそうだったのか。

ラレコが私のお母さんなのではないかと思ったことはこれまでに何度かあった。先日潮崎から話を聞かされたとき、そして、ラレコの顔によく知っている面影を見つけたとき。その面影とは私だ。

――お前の母親は、莉唯の父親に首を絞められて殺されたんだ。

「…………っ」

――ふいに首を締める力が弱まり、私の体が床に投げ出される。無我夢中で空気を取り込もうとするが、喉に引っかかってむせ返った。

「がっ、がはっ」

ようやく空気を取り込んだ瞬間、強烈な快感じみた安堵感《あんどかん》が体を駆け巡った。

『邪魔をするな……！』

と、診療所の女性の怒号が響き渡る。私はどうやらお母さんに救われたらしい――と思ったのも束の間。女性が私に覆い被さり、今度は体重をかけて喉を潰してくる。

『お前を殺す……‼』

死への恐怖と、罪の意識に押し潰されそうになりながら、それでも私は生きようともがいた。それどころか、別の感情が私の体の奥底から噴き出してきた。

「――私だって、あなたを見殺しにしたかったわけじゃない……‼」

人を見殺しにする――そんな大罪を犯した私が、自分の感情を吐露するのは間違えている。狂っている。その自覚はあった――けど、一度溢れ出したものは止められなかった。

「私も生まれたときから呪いを背負ってた！　私がいったい、何をしたっていうの……！」

私は暗闇へ向かって叫んだ。

菜々里が言うように、私は自分が良い人間だとは思いたくなかった。

私だって本当は学校へ行きたかった。極々普通の青春を味わってみたかった。

仮面に空いた小さな穴から広い世界を羨ましげに眺めていると、仮面が巨大な鳥籠に思えるときがあった。四方八方、どこを見回しても仮面に遮られた私の世界。その仮面の鳥籠の中で、私はいつも膝を抱えて泣いていた。

小さな覗き穴から世界を窺《うかが》っては、理想の生活、理想の自分をそこに投影した。そんな一人遊びは虚《むな》しかったが、やめられなかった。情けないから、十五歳になったらやめようと思っていたのに、結局はこの一人遊びをやり続けた。いつか王子様みたいな人が、私をこの屋敷から連れ出してくれる。そんな幼稚で、恥ずかしい妄想を何百回と繰り返した。

十八歳のとき、私を愛してくれる人に出会った。

理想とはまるで違う、本当に辛《つら》い恋だった。底なしの泥の中で溺れているような恋だった。ほんの少しだけ泥面から顔を出し、息を吸ったときだけ幸せを感じる。だがもがけばもがくほどにどこまでも沈み、足がつくこともなかった。

「こんな人生、望んでなかった……！」

それでも私は笠原に縋《すが》った。仮面の鳥籠から飛び立った瞬間に、死ぬ運命だとわかっていても、私を愛《め》でてくれる笠原だけを愛した。

「どうして誰も私の呪いを消してくれないの……‼」

私は多くの人の呪いを浄化してきた。それなのに、誰一人として私の呪いを消してくれなかった。そんなの理不尽ではないか。

「恋くらい…………させて欲しかった」

『黙れ……‼』

と私の言葉を飲み込むほどの怒号が響き渡る。

『言い訳をするな……！　お前はあの男と私を殺した……！』

言い訳なんかじゃない。私は許されようとは思ってなかった。自分の罪は受け入れるが、最後に運命の理不尽さには抵抗したかった。

「その子を殺せばあなたは地獄に落ちます。それでもいいのですか？」

最終通達のようなお母さんの言葉だったが、女性は怯《ひる》むことなく私の首を締め上げた。言葉にならない叫び声を上げながら。

「地獄へ落ちれば、おばあちゃんに会えませんよ」

と言った瞬間に、私の首を絞める力が少し弱まった。

きっとお母さんは、女性の思念を読み取ったのだろう。

「あなたは両親にさえ虐げられていたのに、おばあちゃんだけは大切にしてくれたのですね」

『は……っ』

女性が苦しげな声を上げた。

「おばあちゃんはあなたの呪いが解けるように何度も、何千回も神様に頭を下げ続けた。あなたが辛《つら》いときは一緒に泣いてくれた。一晩中、あなたの頭を撫《な》で続けたことだってあった。『皐《さつき》はいい子だから、いつか神様が助けてくれる』って。あなたは覚えてるはずです」

『そんなことは覚えてない……！』

「おばあちゃんの言葉を、心優しいあなたは嘘にしたくなかった。だから体中の目のアザを、どうしても取り除きたかった。おばあちゃんが亡くなったあとも、あなたはこの世界で、たった一人で戦い続けた。そしてようやくあなたの呪いを消してくれる霊能力者と出会って、その霊能力者から施しを受けた矢先にあなたは殺された――その無念は、簡単に晴らすことはできないでしょう。しかし、私はもう一度、あなたに思い出して欲しいのです。なぜあなたが生きようとしたか」

『うるさいうるさいうるさい……！』

「おばあちゃんは、あなたの優しさが一番好きだったはずです。おばあちゃんが愛したものを、嘘にしないであげてください」

『うぅうう……！』

彼女は獣のような呻《うめ》き声を上げて、逡巡《しゅんじゅん》しているのか、私の首を絞める力は強弱の波を漂った。

「おばあちゃんはあなたを待っています。優しいあなたのままで、会いに行ってあげてください」

お母さんは優しくそう言って、宮奈家に代々伝わる祓詞《はらえのことば》を奏上した。

「ごめんなさい……ごめんなさい……ごめんなさい……」

気づけば私は、何度も何度も謝罪の言葉を口にしていた。

私は不幸だったかもしれないが、だからと言って他人の幸せを壊していいわけじゃない。私は私で、他人は他人だ。比べてしまうから、余計に辛くなる。

生きることを許されたのなら、私は強く生きたい。今すぐには無理でも、強くなる努力をしたい。そう思った。

『煌香』

頭の中で、声がした。顔を上げて見回したが、お母さんの姿はどこにもなかった。

『運が良かったわね。あの女性を愛してくる人がいたおかげで、あんたは助かったんだよ』

「どこにいるの……!? ねえ!! お母さん!!」

私は部屋を飛び出した。

『綺麗事《きれいごと》を言うつもりはないけどね、結局、人を絶望の淵《ふち》から助けてくれるのは愛だよ。誰かに愛されることも大事だけど、何かを愛するってことも大事なんだ』

「うん、うん、今ならわかる」

『私は自分の死期を悟ったときに、地獄箱を用意した。それは私の魂を、記憶とともにこの世に残すためだった。いつか訪れるであろう煌香の危機に駆けつけられるように、私は自ら地獄箱に入ったんだよ。だからね、煌香がラレコって呼んでたのは、魂のない空っぽの幽霊だった。何の記憶もない、純真無垢《むく》な私の姿よ』

「私、空っぽのお母さん、好きだったよ。ラレコ、人の名前を覚えられないのに、私の名前だけはすぐに覚えてくれたんだ」

『そりゃあ空っぽの幽霊でも、娘の名前くらい覚えてるさ。私は煌香の幸せのためだったら、地獄だって怖くなかったよ。親っていうのはそういうもんさ。だけどね、煌香のお父さんはそうじゃなかった。煌香の顔を見て、バケモノだと言ったんだ。だから私は一人で煌香を育てていくことに決めた。まあ、相手は所帯持ちだったしね。私はそのことを知らなかったんだけどさ。ダメな男を好きになってしまったわね。親子揃《そろ》って』

お母さん、と私が呼ぶ声は雨に濡《ぬ》れて、激しい雨の中に消えていく。

『私に死期が訪れたのは煌香が三歳のとき。竹子《たけこ》さんに煌香のことをすべて任せようとも思ったんだけど、もう一度だけあの人に頼んでみることにしたの。だけどあの人はどういうわけか私を逆恨みしていてね、煌香を拒絶するだけじゃなくて、私の首を絞めて殺したのよ』

「お母さんは、また私のもとから消えちゃうの？」

『死んだものはあの世へ行くのがこの世の道理。地獄箱だって、役目を終えて今はただの金庫だ。せっかく会えたのに……ごめんね、煌香。こんなお母さんで、本当にごめんね』

「謝らないで……！　もう……充分だから」

『煌香、たとえ一人で生きて行くとしてもね、それは孤独とは違うんだよ。あなたは私に愛されている」

「……うん、わかった」

『そのことだけは絶対に忘れないで』

その声を最後に、雨音だけが屋敷内に木霊《こだま》し続けた。

終章　異花呪粉《いかじゅふん》

ラレコが消えてしまったあと、私は無気力のまま数日を過ごしていた。

当たり前に一緒にいた、妖気というより陽気な幽霊は、その存在と一緒にこの屋敷から笑い声を奪っていった。あまりにも私が上の空なので、「いつまで廃人になってるんだよー！」と菜々里《ななり》に叱咤《しった》され、一昨日、半ば無理やり外へ出された。仮面ではなく、特殊なコンタクトレンズをつけて。菜々里は私のサイフから勝手にお金を抜き取り、タブレット端末でそれを購入していた。

その外出の際、私はようやく風鈴を買った。風鈴を縁側に取り付けたあと、私は警察に電話をした。笠原意志《かさはらいし》という男が、柏木莉唯《かしわぎりい》を殺害したと。

莉唯の死体は無事に見つかった。棺《ひつぎ》に美しい花々とともに入れられ、山中に遺棄されていた。笠原の、ただのナルシシズムでしかない死者への手向《たむ》けには反吐《へど》しか出ないが、血を抜かれたためか腐敗はそれほど進んでおらず、死してなお私の姉は美しかった。

私は莉唯の亡骸《なきがら》の前で、我を忘れて泣き崩れた。何も考えられなくなるほど、空っぽになるまで泣いて、泥のように眠った。

気づけばお盆が過ぎて、早とちりをした赤とんぼが、まだいるはずもない仲間を探す姿を見た。まだ初秋じゃない。晩夏だ。

この夏にやり残したことがある。私は菜々里のことを、助けられていない。あの子を助けたときに夏は——いや夏休みとやらは、ようやく終わるのだろう。

だけど具体的に、何をすればいいのか。菜々里の母である雫石有沙《しずくいしありさ》にはまだ、何の話もつけていなかった。

「は？」

テレビの速報テロップに流れてきたその字面に凍りつく。

【殺人及び死体遺棄の疑いで指名手配されていた笠原容疑者が電車に飛び込み重体】

すぐにスマホに飛びつき、検索してみた。ＳＮＳで事件の目撃者と思われる人物の書き込みを見つけた。それによると、笠原は駅のホームで突然暴れ出し、まるで、何者かに髪を引っ張られるように、頭から線路内に落ちたらしい。笠原はホームに戻ろうと這《は》い上がったが、減速する電車にゆっくりと、下半身を引き千切られたという。まだ死亡が確認されていないことが、たまらなく私を恐怖に陥れた。

まるで、誰かに呪われているかのような、吸血鬼の末路だった。

私は思わず自分の髪のにおいを嗅いだ。

私は笠原のことを本気で呪い殺してやりたいと思っている。でも私が生霊を飛ばしていたという証拠はどこにもない。

「……私のせいじゃない」

実際口に出してみても自信が持てなかった。急に世界に一人きりにされたような孤立を覚え、私は菜々里の名を叫んだ。菜々里、菜々里――。だけど菜々里は昼過ぎに、お弁当を持って探検とやらに出てしまっていた。私の声はただ屋敷の広さを、漠然と示すように虚《むな》しく響いた。

「……なんだっていうのよ」

部屋に西日が差し込み、その中で小さなホコリがゆっくりと、音もなく攪拌《かくはん》されている。私はそれをぼうっと眺めながら、ふと、なんだか今日は妙に静か過ぎることに気づいた。無事に成仏したラレコも、お喋《しゃべ》りな菜々里も不在なのは承知だが、それにしたって静か過ぎる。

まさか突発性の難聴にでもなってやいないかと心配したが、しかし次の瞬間にほっと息をつく。スマホが着信音を奏でた。

「……はい。もしもし」

『ちょっとあんた、どういうつもりよ⁉』

出し抜けに怒鳴りつけたのは、菜々里の母親である雫石有沙だった。

「なんであの子があんたのところに行ってるのよ⁉」

「すみません、事情を話すのが遅くなってしまいまして」

「それで、莉唯ちゃんは今どこにいるの⁉　そこにいるの⁉」

——え、今、なんて言った？

「莉唯ちゃんを電話に出して！」

こいつはいったい、なにを言っているんだ。

「……莉唯、と申しますと？」

「菜々里よ！」

雫石有沙が何を言ってるのかわからなくて、私は暫《しば》し、思考停止に陥ってしまった。

「すみません、ええっと、菜々里はウチで確かに預かっていますが、その、莉唯というのは……」

「菜々里のこと！」

——背骨が凍るような、強烈な悪寒がした。

電話口の向こうで雫石有沙が何かをのたまっているが、私の耳には何も届かない。

私はいつか、菜々里から聞いた話を思い出していた。

菜々里のクラスにはもう一人のナナリがいて、その子はナナと呼ばれていること。そんなどうでもいいような話の中に、ある疑問が芽生えてくる。一人がナナなら、もう一人は何と呼ばれているのだろう？

リー、ではないのか？

いつの間にか通話は切れていた。雫石有沙が最後に何を言っていたのか思い出しているると、もっと大事な、思い出さなければいけない言葉があるような気がした。

今思うと、ものすごく違和感のある言葉が。

『これ以上あの子に関わるな……‼　逃げろ……‼』

潮崎《しおざき》の言葉だ。それまで私は疑いもなく『あの子』というのを莉唯だと思っていたが、なぜわざわざ『あの子』なんて言い方をしたのだ。

潮崎はただ単純に、『あの子』の名前を知らなかったのではないか。

『わかってないのはお前のほうじゃないのか？』

猫を救出したとき、相澤時生《あいざわときお》はそう言って後部座席を見やった。あのとき視線の先にいたのは莉唯ではなく、もう一人の『リー』だったのではないか。私が電話で『莉唯』と名前を出したとき、相澤時生の耳には『リー』と聞こえていたのか。だとすれば、相澤時生に猫憑《ねこつ》きの呪術を指南したのは莉唯ではなく、『リー』だったということになる。

地獄箱が開けられたとき、それを開けた菜々里には莉唯の死霊が取り憑いていると思っていた。だから私はそのとき菜々里を、『莉唯』と呼んだ。しかしこのときも、菜々里の耳には『リー』と聞こえていたのかもしれない。

地獄箱の説明を私にしたのは、莉唯ではなく『リー』だった。ならばいったい、『リー』とはナニモノなんだ。

『この業界にはとんでもない才能を持って生まれて来る子がいる』

いつかそう潮崎は言っていたが、それは果たして莉唯なのだろうか。莉唯よりも恐ろしい才能を持った本物が、ここにいるのではないか。

ごくり、と飲み込む唾の音がやけに大きく感じる。静寂。まるで嵐の前触れかのような静けさは、夏の代名詞とでも言うべきあいつがいないからだった。

この夏中、あれだけ騒いでいた蟬《せみ》の声が聞こえない。

私は部屋を飛び出した。途端に強い西日が右目に沁《し》みる。目を眇《すが》めつつ歩いていると、床に張りつく影を認めた。影は庭から、まっすぐに伸びていた。

ちりん、と頭上で風鈴が鳴る。

庭に目をやった私は、その光景に我が目を疑わざるを得なかった。

西日で髪を金色に染め、三角の耳を生やした姿はまさしく妖狐《ようこ》。西日が後光のように差し、その神々《こうごう》しさに思わず見蕩《みと》れる。二藍《ふたあい》の着物で着飾り、池を囲む岩の上に凛《りん》として立っているのは――。

「鬼狐《きこ》様……」

と思わず口にしてしまった私だったが、しかし振り返った狐の姿に脱力してしまった。

「あ、煌香《こうこ》。体調はもう大丈夫なの？」

縁日で買ってあげた猫のお面をつけた、菜々里だった。

「……菜々里、お母さんから電話あったよ」

「え？　ママから？」

「うん。迎えに来るって」

「どうして？　なんで？」

「菜々里のこと、すごく心配してた」

私はサンダルをつっかけて、池の前で佇《たたず》む菜々里の横に腰かけた。

「ねえ、菜々里」

「ん？　なぁに？」

「蟬、殺しちゃったの？」

辺りには一面、蟬の死骸が転がっていた。

「……」

「そうやって気に食わないものは、全部壊すつもりでいるの？」

菜々里は何も答えない。お面のせいで、どんな表情を浮かべているかわからなかった。

私の視界の端で何かが蠢《うごめ》く。

菜々里の虫かごには、大きなムカデと雀蜂《すずめばち》が入れられていた。

「それ、蠱毒《こどく》でしょ？　虫に殺し合いをさせて吉凶を占う古式ゆかしき術よね」

菜々里は無言のまま私を見つめている。猫のお面の下で、怒っているのか悲しんでいるのか、笑っているのか見当もつかない。

「……私のこと、煌香に全部バレちゃったの？　煌香、怒ってる？」

「怒ってないよ」

実際、怒りの感情はない。だけど、菜々里が善なのか悪なのか、わからないことに恐怖はあった。

「私はすべてを知りたい。本当にそれだけ。どんなことがあっても菜々里のことを好きでいるよ。夏休みの間、菜々里には何度も助けてもらったからね。看病してくれて、本当にありがとう」

「ううん。私のほうこそ、ありがと」

菜々里はうつむき、手持ち無沙汰に砂利を控えめに蹴った。

「いくつか質問してもいい？」

「……うん」

菜々里はゆっくりと頷《うなず》いた。

「どうして菜々里が蠱毒なんて知ってるの？　それだけじゃなくて、菜々里は地獄箱のことまで知ってた。どこかで呪術を学んだんだよね？」

「うん。でも、はじめはただのおまじないだった」

おまじない。それは誰もが一度はやったことのあるものだろう。明日天気が良くなるようにてるてる坊主を作るのだって、ある種のおまじないだ。

「学校でイジメられてたときに、本に書いてあったおまじないを試してみたの。『○○ちゃんが階段から落ちるおまじない』。『○○ちゃんが風邪を引くおまじない』。それが全部、上手くいっちゃって。元々私はすごく霊感が強くて、小さい頃から人には見えないものが見えたりしてた。だから才能があったんだと思う。私はもっと高度なおまじないを使いたいと思って、図書館に行ってたくさん勉強したんだ。そうしたらさ、おまじないって『お呪い』って書くことを知ったの。それに気づいてからは、呪いを調べた。徹底的に」

「そのうちに生霊を出すこともできるようになったの？」

菜々里はしばらく黙っていたが、おもむろに首を振った。

「呪いっていうのはさ、森羅万象の力だったり、八百万《やおよろず》の神様や物の怪《け》の力を借りて行うものなの。だけど生霊っていうのは自分自身の霊体を飛ばすわけだから、そう簡単にできるものじゃないんだ。私でも習得することは無理だった」

「でも菜々里は生霊を飛ばしてる。そうでしょ？」

「生霊は私も知らないうちに出ちゃうの。ものすごく悲しいときや、怒ったとき勝手に。だから、目の見えないお姉ちゃんを虐待した人たちの家に火を放ったこととか、潮崎っておばあちゃんを襲ったのは、本当に無意識のうちなの。信じてもらえないかもしれないけど。他の人には想像や妄想で終わることが、私にとっては現実になったりする」

莉唯の親戚の家に火を放ったのは、莉唯の境涯に同情し、そして強い怒りを覚えたからだろう。潮崎に生霊を飛ばしてしまった理由も理解できる。鬼狐院を訪れた潮崎は、菜々里に嫌悪を露《あら》わにした。潮崎のせいでここを追い出されてしまうのではないか、という菜々里の不安が生霊となったのだと思う。

運転中に菜々里の生霊に襲われた潮崎は、運転操作を誤りガードレールに衝突したものの、すでに意識を回復させている。

「今だって蟬を殺そうと思ってなかった。うるさいって思っただけ。……最近、私は自分の力を制御できないの。それがすごく怖い。そうなったのはきっと、安易に呪いを使った代償だと思う」

「代償なんて難しい言葉知ってるのね」

「難しい呪いの本をたくさん読んだから」

「子供のふりしなくても良かったのに」

「だって煌香に甘えたかったんだもん」

確かに、難しい言葉を淡々と喋《しゃべ》る小学生より、少し生意気なほうがかわいがりたいと思うものだ。

「……自分で言うのもなんだけど、私には才能があり過ぎたんだ。だって私ね、人の死期が見えるから」

菜々里がよると、死期が近い人の背後に黒い靄《もや》が見えるらしい。莉唯の背後には、はっきりと黒い靄が出ていたという。

「でも最初にあのお姉ちゃんに会ったときは、まだ黒い靄は出てなかった。笠原って男に会ってから急にそれが出てきて……だからこのお姉ちゃん、笠原に殺されるんだって思った。煌香……ごめんね、私、最初からあのお姉ちゃんが死んじゃうことがわかってたの。もっと私に力があったのなら、あのお姉ちゃんの運命を変えることができたかもしれないけど、今の私にはまだ……。あのお姉ちゃんを救うために、笠原を殺すことなんてできないし……」

これまでも菜々里はこんな風に、人の死期を悟ることが何度もあったのだろうか。見たくなくても見えてしまうのは、瞼《まぶた》のない目のようなものだ。眠ることさえ許されない。

「菜々里には、私には見えてなかったものが、たくさん見えてたんだね。それを私は聞きたいんだ」

「でも、すべてを正直に話すことが、本当に煌香のためになるかわからないよ」

「菜々里の知ってること、全部聞かせて欲しい。私はすべてを知りたい、受け入れたいと思っているから」

「きっと煌香は傷つくと思う」

「それでもいいの。お願い、菜々里」

菜々里の小さな手を取ると、菜々里は強く握り返してくれる。強いな、と私は改めて思った。

「はじめて煌香にあったとき、黒い靄が出てるのは煌香のほうだった」

「え、私に？」

そういえば、最初に菜々里と会ったとき、菜々里は私に突然病気を疑う発言をしていた。

「だけど目の見えないお姉ちゃんに黒い靄が出たと同時に、煌香のそれは消えたの」

「それはつまり、莉唯が私の未来を変えてくれたってこと？」

「うん。あのお姉ちゃんにも私と同じものが見えていたと思う。こういうのは目で見るものじゃなくて感じるものだから。目が見えないとか見えるとかはあまり関係がないんだ」

莉唯は私に、「煌香ちゃんの悩み事がすべて解決するまでここにいる」と言ってくれたが、最初からそのつもりで、私の運命を変えるつもりで鬼狐院に来てくれたのだ。

胸が張り裂けそうだった。死を覚悟してまで私を助けようとしてくれたことは嬉しいが、悲しさのほうが何倍も上回った。私が呪いとともに生まれてきたのは、莉唯の呪術のせいではあるものの、その償いはもう何年も前に終わっている。幼い頃、莉唯が私を物置小屋から出してくれた瞬間に、もう終わっているのだ。

「あのままだったら、煌香は笠原に確実に殺されてた。だからお姉ちゃんは、刺し違えてでも笠原を殺すつもりでいたんだよ。笠原を誘惑して、油断させた隙に殺すつもりだった。でも、普段から怪異を殺してきた笠原の前では、お姉ちゃんはあまりにも無力だった。お姉ちゃんくらいの才能があれば、もちろん呪術を使って笠原を殺すことはできた。でも……」

私が除霊してしまうから、呪術は使えなかった。

「あのお姉ちゃん、本当に煌香のことが好きだったんだよ。だからこそ、煌香に呪いをかけてしまったことを、ずっと後悔して生きてた」

「……うん」

「お姉ちゃんは最後、煌香に嫌われて死んでいきたかった。だからわざと嫌われるように振る舞ってたの。煌香に、悲しみを残したくなかったから」

「……うん、うん」

莉唯は、最後まで私の知っている莉唯だったのだ。清らかで、優しくて、だけど怒らせたら怖い姉。莉唯が私の本当の姉であることを、私は世界中に自慢して歩きたかった。

「時生おじさんに呪術を教えたのは私。私はおじさんと仲良くてさ、昔は……だけど。おじさんは途中から私の才能を怖がるようになった。だから私を早くママのところに返したがっちゃって、猫憑きの霊をせっせと飛ばしてた。おじさんは全然呪いの才能なかったけど、動物の力を借りれば呪うことはできてた」

「菜々里は猫に残酷なことをするのは平気なの？」

「実は私、猫のこと大嫌いだから、最初はいい気味だと思ってたんだ。けど、途中からすごく可哀想になっちゃって。だからおじさんに、もう猫憑きの呪いはやめようって何度も言ったんだけど……うん、おじさん、ちょっとおかしくなってた」

「どうして菜々里は猫を嫌ってたの？」

「ママと一緒に金魚すくいをしたことがあって、なんとか一匹だけ取ることができたの。すっごく綺麗なやつで、ママもすごい気に入ってた。次の日に水槽とポンプを買いに行こうね、って二人で話してたんだけど、野良猫が家に入っちゃって、洗面器に入れてた金魚を食べちゃったの。私がドアを開けっぱなしにしてたせいだったから、ママは私をすっごく怒った。私は本当に悲しくて、何日も泣いたの覚えてる。もしあの金魚が猫に食べられなかったら、私とママの関係はもう少し違ってたかなって、そう思うことがある。だからさ、私は猫を見かけるたびに蹴飛ばしてやるって決めたの」

「私も今度見かけたら蹴飛ばしとくわね」

「あはは」

　笑い声が無性に懐かしい。ラレコがいなくなってしまったせいで、私はずいぶんと笑い声を聞いていなかった。

「……ねぇ煌香、また遊びに来てもいい？」

「菜々里がもう、誰かに呪いをかけないって約束するならね。約束できる？」

「……うん」

「クラスの子たちにイジメられたとき、お呪《まじな》いをかけずに頑張れる？」

「やってみる」

「絶対だよ？　絶対の約束だからね？」

と私が念を押すと、決心したように菜々里は強く頷いた。

「菜々里が約束を二年守ってくれたら、また鬼狐院に遊びに来て。一度でも約束を破ったら、私はもう二度と菜々里には会わない」

「また煌香に会いたいから、絶対に守る……けど、勝手に出てきちゃう生霊はどうしたらいい？」

「私の部屋にお香があったでしょう？　あれは邪気を祓《はら》い、平静を保つ効力があるの。それを送ってあげるから、毎晩髪に焚《た》き込めなさい」

「あのお香ってなんていう名前？」

「私が調合したものだから名前はないのよ」

「じゃあ、煌香って名前にしよう」

私は快く承諾した。あの香りが暗闇でもきっと菜々里を照らしてくれるはず。そう思うと、なんて素敵な名前だろうと思った。私のお母さんがつけてくれた名前だけある。

「リー！」

と呼ぶ声がして振り返ると、雫石有沙の姿があった。

「ひっ……！　なによあんたの顔!!」

雫石有紗が、私の顔を見て悲鳴を上げる。

そういえば、仮面をつけていなかった。

「化け物……っ！」

「お久しぶりですね。ちょうど、あなたにどうしても言いたいことがあったんです」

「な、なによ！」

「今後、あなたの娘さんは私が育てます」

「……はぁ？」

「心配する必要なんて何もありませんよ」

私は菜々里の手を取って、微笑みかけた。

「これからは、私と一緒に暮らしていくんだものね」

「わ、私の娘から離れろ！」

ひったくるようにして、雫石有紗は菜々里を抱き寄せた。私が菜々里に手を伸ばすと、
雫石有沙はさらに菜々里を強く抱きしめた。

「ママ、私ね、すっごく怖かったの。この人が、私のことを帰してくれなくて」

それを聞くなり雫石有沙は鬼の形相で私を睨《にら》みつけた。なんだ、案外母親らしい顔もできるのではないか。

誰かのために、鬼になれるのではないか。

「ママ、私ご飯も全然食べてないの。この人がね、何も食べさせてくれなくて」

「すぐにご飯作ってあげるから。時生のところに行ったら、リーちゃんがここにいるって聞いて、ママ急いで来たんだよ。リーちゃんがいなくなって、ママ、本当に怖くなったんだ。ごめんね……ごめんねリーちゃん。バカなお母さんでごめんね。これからは、ちゃんとするから」

「……うん、ママ、ありがとう」

「こんなのまで被されて可哀想に……」

母親が菜々里のお面を剝ぎ取る。

菜々里の顔は、涙まみれだった。

菜々里が母親と共にこの場から去っていく。最後に菜々里は私を見て、くしゃくしゃに顔を歪《ゆが》めて、「大好き」、そんな風に口を動かした。もう振り向かなくていいのに、菜々里は何度も私を振り返った。

菜々里を救えたことに満足しつつも、まだ心残りがある。

——死にたいよ。

一命を取り留めた潮崎は、消え入りそうな声で入院先から電話をかけてきた。

——私は莉唯が、本当に鬼になってしまったと思ってたんだ。あの子とずっと一緒にいたっていうのに、私はあの子のことを信じてやれなかったんだよ。

子供みたいに泣きじゃくった潮崎の声が、今も耳の奥に残っている。なんとかしてあげたい、とたまらなく思った。

潮崎がどうして私をあそこまで嫌っていたのか。今の私にはよくわかる。

潮崎は私の祖母、そしてお母さんの死を間近で見ていた。愛する人たちが宮奈家の宿命に殺されていくことが耐え切れなくて、潮崎は宮奈家を愛することをやめたのだ。

誰にも愛されない怪異だと私に言い聞かせていたのも、私が誰も愛せないようにするためだった。何よりも憎い宮奈家の血、末代まで続く鬼狐様の宿命を、私の代で終わらすために——。

「……ん？」

何かの気配を感じてそちらに目をやると、

「にゃあ」

塀の上に猫がいた。しかも、私に助けてもらったあのノラだ。

「何しにきたの？」

と問いかけるも、ノラは私の顔をじっと眺めたままだった。

「あ、ごめん。言い方が悪かった。えっと……お腹《なか》が空いてない？　ほら――こっちにおいで」

「にゃあ！」

ノラが嬉《うれ》しそうに、私へと駆け寄ってきた。

私はこの夏、ほとんどの時間をこの屋敷で過ごし、この町から出ることはなかった。

だけど明日はここを出て、潮崎の見舞いに行こうと思う。

その帰りは、仮面をつけずに知らない町をゆっくりと歩いてみたい。勇気を出して、カフェとやらにも入ってみよう。お気に入りの本を、部屋の隅ではなく明るい場所で読んでみるのもいいかもしれない。

私はノラを抱きしめる。

心地良い夕暮れ時の風が頬をかすめる。

孤独なカラスが、美しい夕陽《ゆうひ》へ向かって羽ばたいていく。

ちりん、と風鈴が鳴った。


（了）

fHM
futami
HORROR
×
MYSTERY

作品に関するご意見、ご感想等は
東京都千代田区神田三崎町 2-18-11
fHM文庫編集部まで

本作品は書き下ろしです。

化《ば》け物《もの》たちの祭礼《さいれい》
呪《のろ》い代行師《だいこうし》 宮奈煌香《みやなこうこ》

2022年3月20日　初版発行

著者 …………………… 綿世景《わたせけい》

発行所 ………………… 二見書房
東京都千代田区神田三崎町 2-18-11
電話　03-3515-2311（営業）
03-3515-2313（編集）
振替　00170-4-2639
印刷 …………………… 株式会社堀内印刷所
製本 …………………… 株式会社村上製本所

ISBN978-4-576-22025-3
https://www.futami.co.jp

沼の国

宮田 光　Re°〔装画〕

黒沼の畔の曾祖母宅に、母、姉、弟と引っ越してきた亮介。黒沼には人を沼に引きずり込む化け物が棲むという伝説を耳にする。ある雨の夜、本当に化け物が現れて…。ここに引っ越してきたら、明るい未来が待ってると思っていたのに。姉弟たちに降りかかる凶事。繰り返される恐怖に翻弄される亮介だったが、やがて元凶に気づき、化け物と対峙することに――。化け物の正体とは、そして亮介が選んだ犠牲と未来とは？

二見ホラー×ミステリ文庫

前夜祭

針谷卓史 遠田志帆〔装画〕

学校祭前日。深夜にもかかろうという時間まで緋摺木高校の教員たちは残業していた。休憩時、いなくなった教諭が異常な状態で惨殺されていた。その死体は、学校裏の神社で殺され続けていた小動物の死体を連想させるようだった。殺人者がまだ校内にいるのではないかと、職員室に立て籠もる教師たち。――そんな中、職員室の空調が冷気を吐き出しはじめる。

H